yatmadan
önce
100 fırça darbesi

Melissa P.

İtalyanca'dan çeviren: Nilüfer Uğur Dalay

abcdefg
ğhijklmn
'o'
kitaplar

Kadın - 02

Yatmadan Önce 100 Fırça Darbesi
Melissa P.

ISBN: 975-6287-29-2

I. ve II. Baskı: İstanbul, Şubat 2005, 50.000 adet
III., IV. ve V. Baskı: İstanbul, Mart 2005, 100.000 adet
VI. Baskı: İstanbul, Mayıs 2005, 10.000 adet
VII. Baskı: İstanbul, Haziran 2005, 15.000 adet
VIII. Baskı: İstanbul, Temmuz 2005, 25.000 adet
IX. Baskı: İstanbul, Kasım 2005, 25.000 adet

İtalyanca aslından çeviren: Nilüfer Uğur Dalay
Editör: Hande Şarman
Kapak ve grafik tasarım: Cem Özkurt
Kapak fotoğrafı: Gabriele Rigon
Grafik uygulama: Öznur Erman
Film, baskı ve cilt: Yaylacık Matbaacılık San.Tic. Ltd. Şti. Litros Yolu Fatih San.
Sit. No: 12/197-203 Topkapı- İstanbul Tel: 0212 612 5860

100 colpi di spazzola prima di andare a dormire. Copyright © 2003, Fazi Editore.

© Okuyan Us Yayın Eğitim Danışmanlık Tıbbi Malzeme ve
Reklam Hizmetleri San. ve Tic. Ltd. Şti
Kalıpçı Sokak Uzal Apt. 152/4 Teşvikiye 34365 İstanbul
Telefon: (0212) 232 5373, 232 5379 Faks: (0212) 231 5220

okuyanus@okuyanus.com.tr
www.okuyanus.com.tr

Kitabımın gerek İtalya'da gerekse çevrildiği ülkelerde bu kadar çok satmasının birçok nedeni var ama elbette ki cinsellik boyutunun çok önemli bir rolü oldu. Tabii tek neden bu değil. Seks üzerine çok sayıda kitap var. Kitapçıya girdiğinizde raflarda yüzlerce cinsel içerikli kitap bulabilirsiniz ama adları anılmıyor ve kimlerin yazdığı bilinmiyor. Bence bu kitabın başarısı bedeni onu içeren ruhtan ayırmaksızın, bir bütün içinde ele almasından kaynaklanıyor. Bu kişinin kendisini kaybetmesinin, yitirmesinin öyküsü. Yaşamda yol almanın, ilerlemenin ve o yol alışta kendisini kaybetmenin öyküsü. Bu aşağı yukarı hepimizin, yaşamlarımızın bir yerinde başından geçen bir kaybolma öyküsü. Bunu deneyimlerimizden çok ruhumuzun bir yerlerinde kesinlikle yaşamışızdır.

Melissa P.

"Göz alıcı bir şekilde kendinden emin olan bu lise öğrencisinin itiraflarının yarattığı şok dalgaları hâlâ gündemde."

The Times

"Çaresizliği açığa vuran, aslında acı dolu bir kitap bu; Melissa'nın neden kendisini böylesine bıraktığını anlamak, derinliğini çözmek benim için kolay olmadı ancak beni yüreğimden yakaladı."

Il Nuovo

"Çok büyük etkisi olan küçük bir kitap."

New York Times

Soru: *Kitabın İtalya'da, Suzanna Tamaro'nun kitabı kadar sattı. Gelişmekte olan, erişkinlik eşiğindeki kahramanlar ve onların sorunları neden böylesine tutuluyor ve satıyor?*

Melissa P.: *İtalyan toplumu açılan bu kapıdan "Yaşamımı tüketiyor bu olup bitenler, lütfen bunu bil" mesajını veriyor. Gelişmekte olan gençlerin öylesine çok sorunu var ki. Bu nedenle birileri bu durumu dile getirip konu ettiğinde erişkinler hemen ilgi gösteriyorlar, bunları duyduklarına ve uyarıldıklarından mutlu oluyorlar. Benim kitabım ve onun içindeki duygusal iniş çıkışlar, bu nedenle yalnızca okurlar için değil. Bu konularla başkaları da ilgilenmeli. Bu konular herkesi ilgilendirmeli.*

Yatmadan Önce 100 Fırça Darbesi, İtalya'da 1.000.000 adet satıldı. İtalya, İspanya, Fransa, Almanya, Amerika, Kanada, Rusya, Yunanistan, İngiltere'nin de aralarında bulunduğu 26 ülkede satış rekorları kırdı. Film hakları Francesca Neri tarafından alındı.

Melissa Panarello 3 Aralık 1985 yılında Sicilya Adasında bulunan Katanya kentinde doğdu.

Dört yaşında yazı yazmaya başladı. Dokuz yaşında "Meleklerin Uçuşu" isimli bir roman yazmıştı. On iki yaşındayken Nazizmi anlatan yazısı ile Newspaper Game yarışmasında ikincilik kazandı.

Okulu yarım bıraktı. Özel dersler alarak eğitimini sürdürüyor. "Max" ve benzeri dergilere yazılar yazıyor.

Nilüfer Uğur Dalay Kasım 1958'de Balıkesir'de doğdu. İtalyan Lisesinden mezun oldu, Siyasal Bilimler Fakültesi İktisat Bölümünde yüksek lisans ve doktorasını yaptı. Merkez Bankası ve İznik Vakfı'nda çalıştı. Alessandro Baricco (Novecento, Papirüs Yayınları), Umberto Eco (Açık Yapıt, Can Yayınları) gibi yazarlardan çeviriler yaptı.

6 Temmuz 2000
15:25

Günlük,

Bu satırları duvarları Gustav Klimt'in tıpkıbasımları ve
Marlene Dietrich'in posterleri ile kaplı loş odamda yazıyo-
rum. Kapalı panjurlar arasından süzülen ışık huzmelerinin
düştüğü beyaz kâğıda bir şeyler çiziktirirken o bana yukarı-
dan baygın ve kibirli gözleri ile bakıyor.

Hava çok sıcak, boğucu ve kuru. İçeriden televizyonun
ve çizgi film kahramanını taklit eden ablamın detone sesi
geliyor. Dışarıdan cırcır böceğinin umutsuz çığlığı duyulu-
yor. Onun dışında ev dingin ve durgun. Sanki her şey cam-
dan ince bir fanusun içine kapatılıp koruma altına alınmış,

sıcak da bütün devinimleri yavaşlatmış gibi. Oysa ben kendimi o kadar da dingin hissetmiyorum. Sanki farenin biri hissettirmeden tatlı tatlı ruhumu kemiriyor gibi. Kötü değilim ama iyi de değilim. Aslında işin garibi hiçbir şey değilim. Ama kendimi, dönüp arayıp yeniden bulabiliyorum. Başımı kaldırıp aynaya bakmam ve aynadaki yansımamı görmem tüm benliğimin dingin ve huzurlu bir mutlulukla dolmasına yetiyor.

Aynaya yansıyan görüntümü beğenerek izliyorum. Çizgileri belirginleşen bedenime, gittikçe biçimlenen ve kendilerinden eminlermiş gibi duran kaslarıma ve tişörtümün altından uçları gözüken ve her hareketimde hafifçe devinen göğüslerime baktıkça hayran kalıyorum. Küçüklüğümden beri, evde annemin hiç sakınmadan çıplak dolaşması nedeniyle, erişkin bir kadın bedeni benim için bilinmeyen bir şey değil. Ancak tüyler kuytu bir orman gibi "Gizem"i koruyor ve gözlerden uzak tutuyor. Sıkça aynaya yansıyan görüntümden gözümü ayırmaksızın parmaklarımdan birini usulca sokuyorum ve aynada beğeni ile bakan sevecen bakışlarımı yakalıyorum. Kendimi gözleme eylemi o denli güçlü ve o denli hoş ki aniden fiziksel bir hazza dönüşüyor ve ardından bir dürtü ile tetiklenen anlık bir sıcaklık ve titreme hissediyorum. Sonra bir sıkılma, utanma geliyor. Arkadaşım Alessandra'nın aksine, kendime dokunduğumda fanteziler kurmuyorum. Kısa bir süre önce bana zaman zaman kendine dokunduğunu ve o anlarda kendine zorla ve şiddet uygulayarak sahip olmaya çalışan, canını yakan bir erkeği düşlediğini, sır olarak söyledi. Heyecanlanmam için aynaya bakmam yettiğinden söylediklerine çok şaşırdım. Bana kendime dokunup dokunmadığımı sordu, hayır dedim. Kendi kendime oluşturduğum bu dünyayı yıkmak istemedim. Bedenim ve aynadan oluşan bana ait bir dünya bu ve arkadaşımın sorusunu evet diye yanıtlamak bu dünyayı aldatmak anlamına gelecekti.

Gerçekten iyi hissetmeme yol açan şey hayranlıkla baktığım ve sevdiğim aynadaki o yansıma, gerisi yalan. Rastlantılarla doğan ve sıradanlıkla devam edip giden arkadaşlıklar öylesine yüzeysel ve yapaylar ki. Hepsi yalan... Zaman zaman okuldaki birkaç oğlana armağan olarak sunduğum kaçamak öpücükler de yalan. Dudaklarımı dudaklarına değdirdiğimde ani bir tepki ile geri çekiliyorum ve dillerini acemice ağzıma soktuklarında uzaklara kaçma isteği duyuyorum. İçinde bulunduğum ruh halini yansıtmayan ve ona çok aykırı düşen bu ev de yalan aslında. Aniden, duvardaki bütün tabloların çivilerinden kurtulup yerlere düşmelerini, paramparça olmalarını, pencerelerden dondurucu kesif bir soğuğun içeriye dolmasını ve dışarıda cırcır böceklerinin şarkıları yerine köpeklerin uzun uzun ulumalarını dilerdim.

Günlük, ben aşk istiyorum. İçimdeki buzların erimesini, buzdan sarkıtlarımın çatlayıp kırılmasını, kalbimin eriyip akmasını, güzellik ve tutku nehirlerinde boğulmayı istiyorum.

8 Temmuz 2000
20:30

Sokaklar bağrış çığrış. Bu boğucu yaz gününde dışarıdan gülme sesleri çınlıyor. Neşeli bir akşam geçirmek için evden çıkmakta olan yaşıtlarımın parlak, canlı ve kaygılı gözleri aklıma geliyor. Bütün gece sahilde, gitar eşliğinde şarkılar söyleyecekler. Kimileri karanlığın her şeyi örttüğü kuytulara çekilecek ve birbirlerinin kulaklarına aşk sözcükleri fısıldayacaklar. Kimileri ise yarın sabah, içinde sürüp giden yaşamı koruyan, gizemini saklayan, güneşin ısıtmaya başladığı denizde yüzecek. Evet, yaşıyorlar ve yaşamlarını nasıl sürdüreceklerini biliyorlar. Ben de nefes alıyorum, biyolojik olarak her şeyim yerli yerinde... Ancak korkuyorum. Evden çıkmaya ve tanımadığım yüzlerle karşılaşmaya korkuyorum. Evet, farkındayım, kendi kendimle sürekli bir çatışma içindeyim. Kimi zaman başkalarının arasına karışmayı şiddetle istiyorum ve bu bana iyi geliyor. Diğer günlerde ise istediğim tek şey evde yapayalnız, tek başıma kalmak. Kedimi yatağımdan itekleyerek kovuyorum, yatağa uzanıyorum ve düşünüyorum... Kimi zaman bir CD koyuyorum ki bu genellikle bir klasik müzik CD'si oluyor. Müzikle suç ortaklığı yapıyoruz ve bu bana o kadar iyi geliyor ki başka herhangi bir şeye ihtiyacım olmuyor.

Ancak sokaktan gelen bu bağırtılar ruhumu parça parça ediyor ve biliyorum ki bu gece birileri benden daha fazla bir şeyler yaşayacak. Ve ben bu odada, uyku beni kollarına alıncaya kadar, yaşamın seslerini dinlemeye devam edeceğim.

10 Temmuz 2000
10:30

Ne düşünüyorum biliyor musun? Günlük tutmanın aslında hiç de iyi bir fikir olmadığını. Kendimi iyi tanıyorum ve nasıl bir kumaştan yapıldığımı biliyorum. Çok geçmeden defterin anahtarını bir yerlerde unutacağım ya da kendimi, kendi düşüncelerimden kıskanarak, isteyerek yazmayı bırakacağım. Ya da belki, pek saygılı sayılmayan annem, çaktırmadan kâğıtlarımı karıştıracak. Yapmadığı şey de değil. Ben kendimi salak gibi hissedeceğim ve yazmaktan vazgeçeceğim.

İçimi dökmekle iyi mi yapıyorum bilmiyorum, ama hiç değilse zaman geçiriyorum.

13 Temmuz
Sabah

Günlük,
Mutluyum! Dün Alessandra ile bir partiye gittim. Yüksek topuklarının üzerinde upuzun, her zamanki gibi çok güzel ve yine her zamanki gibi kaba sabaydı. Ama çok tatlı ve sevimliydi. Bu türden eğlencelerde canım sıkıldığından, hem de kolumu kaldıramadığım dünkü boğucu sıcak yüzünden, başta pek gitmek istememiştim. Ancak Alessandra onunla birlikte gitmem için o kadar yalvardı ki, sonunda gitmeye karar verdim. Scooter'ın üstünde, şarkı söyleye söyleye şehrin dışındaki tepelere vardık. Yazın kurak geçmesi gür ve yemyeşil tepeyi kuru ve çorak hale getirmişti. Nikolosi halkı meydanda büyük eğlence için toplanmıştı. Akşam saatlerinin serinlettiği asfalt üzerine yerleştirilmiş tezgâhlara kuru meyve ve şekerlemeler koyulmuştu. Gideceğimiz ev, iyi aydınlatılmamış dar ve kısa bir yolun sonundaydı. Bahçe kapısına geldiğimizde Alessandra birilerini selamlamak isterce-

sine el kol hareketleri yapmaya ve "Daniele, Daniele!" diye yüksek sesle bağırmaya başladı.

Bağırdığı kişi yavaş adımlarla yaklaştı ve selam verdi. Karanlıkta tam olarak görülmese bile yakışıklı birine benziyordu. Alessandra bizi tanıştırdı. Hafifçe elimi sıktı. İsmini fısıldadı. Utangaç biri olduğunu düşünerek gülümsedim. Karanlıkta aniden bir şey ışıldadı; şaşırtıcı parlaklıkta ve beyazlıktaki dişleri. O zaman elini daha kuvvetlice sıkarak "Melissa," dedim yüksek sesle. Dişlerim onunkiler kadar beyaz olmasa bile, parıldayan ve aydınlanmış gözlerimi fark etmiştir düşüncesiyle... İçeri girdikten sonra, aydınlıkta onun daha da yakışıklı olduğunu fark ettim. Tam arkasından yürüyordum ve her adım atışında sırt kaslarının hareketi görüyordum. Onun yanında, bir altmış boyumla kendimi küçücük ve biraz da çirkin hissediyordum.

Salondaki koltuklara geçtiğimizde tam karşıma oturdu, birasını yudumlarken dik dik gözlerimin içine bakmaya başladı ve o an, alnımdaki sivilcelerden ve onunkinin yanında bembeyaz kalan tenimden utanç duydum. Biçimli ve orantılı burnu aynen Yunan heykellerininkilere benziyor, ellerinin üzerindeki belirgin damarlar gücüne güç katıyordu. İri ve koyu mavi gözleri kendini beğenmişlik ve kibirle bana bakıyorlardı. Bana kayıtsızca bazı sorular sordu. Bu durum cesaretimi kırmak bir yana, kendimi daha da güçlü hissetmeme neden oldu.

Benim gibi o da dans etmeyi sevmiyor. Böylece, diğerleri içki içip şakalaşırlarken ve birbirlerinin içine düşerlerken biz baş başa kaldık.

Aramızdaki sessizlik artıyordu ki bozmaya karar verdim.

Melissa P.

"Ne kadar güzel bir ev değil mi?" dedim kendimden emin.

Yalnızca omuzlarını silkti. Boşboğaz görünmemek için ben de sessiz kaldım.

Ardından iç gıcıklayıcı soruları sorma zamanı geldi; diğerleri dans etmekle meşgullerken koltuğuma daha da yaklaştı ve gülümseyerek bakmaya başladı. Beklemediğim için şaşırdım ve onun yapacağı atağı beklemeye başladım. Karanlıktı, baş başaydık ve yakınlaşmak için çok uygun bir ortam vardı. "Bâkire misin?" diye sordu.

Birden kıpkırmızı olduğumu, boğazımın düğümlendiğini ve binlerce, milyonlarca iğnenin beynime battığını hissettim.

Utanarak, usulca "evet" dedim ve içinde bulunduğum o uçsuz bucaksız sıkıntı ve şaşkınlığı göstermemek için başımı başka yöne çevirdim. Gülmesini bastırmak için dudaklarını ısırdı, hafifçe öksürmekle yetindi ve tek kelime bile etmedi. İçimden kendime lanetler okudum: "Tebrikler, artık sana pek yazılmaz! Beyinsiz!". İyi de, ne yapabilirim ki, gerçek bu, bâkireyim. Bugüne dek bana benden başka kimse dokunmadı ve ben bununla gurur duyuyorum. Bir yandan da fena halde merak ediyorum, hatta fazlasıyla! Özellikle de erkek vücudunu çok merak ediyorum, çünkü öğrenebilmem için bu hak bana hiçbir zaman tanınmamıştır. Televizyonda açık sahneler olduğunda babam uzaktan kumandaya atlar ve hemen kanalı değiştirir. Üstüne üstlük, yaz tatilini geçirmek için buralara kadar gelen Floransalı bir çocukla bütün gece yan yana yattığımız halde, onun korkusuzca dokunduğu şeye, ben cesaret edip elimi sürememiştim.

Benim dışımda biri tarafından bedenimde yaratılan zevki hissetmeyi, başka birinin tenini tenimin üzerinde hissetmeyi ben de istiyorum. Dahası, çevremdeki yaşıtım kızlar arasında ilk cinsel ilişkiyi yaşama üstünlüğünü ele geçirmeyi de istiyorum.

Bana niye böyle bir soru sordu ki? İlk seferin nasıl olacağını bugüne dek düşünmedim ve büyük olasılıkla hiçbir zaman da düşünmeyeceğim. Yalnızca yaşamak istiyorum ve bunu ileriki yaşamımın hüzünlü ve mutsuz anlarında bana eşlik edecek güzel bir anı olarak saklamak istiyorum, eğer olabilirse tabii. Sanırım o kişi, Daniele olabilir. Bir şekilde öyle olacağını sezinliyorum.

Dün gece birbirimize telefon numaralarımızı verdik ve gece yarısından sonra, benim ancak bu sabah okuyabildiğim şu mesajı göndermiş: "Seninle çok iyi zaman geçirdim, çok sevimlisin ve seni yeniden görmek isterim. Yarın benim evime gel, havuza gireriz".

19:10

Şaşkın ve huzursuzum. Görüşmemiz, birkaç saat öncesine kadar tahmin bile edemeyeceğim kadar tatsızdı.

Başka yazlık evler ve renk renk, bakımlı binlerce çiçeğin ekili olduğu bir bahçe ile çevrilmiş çok güzel bir ev. Güneşin altında havuz masmavi ışıldıyordu ve su davetkârdı. Ne yazık ki tam da bugün regl oldum ve havuza giremeyeceğim. Salkımsöğüdün altında, elimde buzlu çay bardağıyla bambu masada oturmuş havuza girip çıkanları, dalanları ve şakalaşanları izliyordum. Zaman zaman gülümseyerek bana bakıyordu ben de mutlu mesut gülümseyerek karşılık veriyordum. Sonra bir ara havuzun basamaklarından çıktığını, bana doğru gelirken, üstünden süzülen su damlacıkları ile pırıl pırıl parıldayan göğsünü, bir taraftan silkelenip etrafa su sıçratırken bir taraftan da eliyle ıslak saçlarını düzeltişini seyrettim.

"Eğlenemediğine üzüldüm," dedi alaycı bir ses tonuyla.

"Sorun değil," dedim. "Güneşleniyorum".

Hiçbir şey söylemeden, bir eliyle bardağımı alıp masanın üzerine koyarken diğer eliyle elimi tutup beni yerimden kaldırdı.

"Nereye gidiyoruz?" dedim gülerek ve biraz endişeyle.

Yanıtlamadı. Beş on basamak çıkarak ulaştığımız bir kapının önündeki paspası kaldırdı, altındaki anahtarı aldı; işini bilen pırıltılı gözleri ile bana bakarak anahtarı deliğine soktu.

"İyi de beni nereye götürüyorsun?" dedim, yine az önceki kadar endişeli ama bunu iyice gizleyerek.

Yine herhangi bir yanıt vermedi, ama küçük bir kahkaha patlattı. Kapıyı açtı, beni içeri çekti ve ardımdan kapıyı kapattı. Panjurların arasından sızan ışıkla ancak aydınlanan feci sıcak odanın içinde, sırtımı kapıya dayadı ve tutkuyla dudaklarımdan, çilek renkli ve çilek gibi kokan dudaklarının tadına vardırarak öpmeye başladı. Ellerini kapıya dayamıştı ve o anda bedenimde dolanmaya başlayan "iyi saatte olsun"ların devinimlerine uygun hareket ederek onu okşarken, ellerim kol kaslarının gerginliğini hissediyordu. Sonra öpmeyi kesti, başımı ellerinin arasına aldı ve usulca, "Yapalım mı?" diye sordu.

Dudaklarımı ısırarak "hayır" diye yanıtladım, çünkü aniden yüzlerce korku üşüşmüştü içime. Tanımlanamayan, soyut korkular. Belki de tatlılıkla anlatmak istediği şeyi anlamadığım için, yanaklarımı tutan elleri ile yaptığı baskıyı artırdı ve beni aşağılara doğru, "Bilinmeyen"i kabaca gösterecek biçimde itti. Artık tam gözlerimin önündeydi! Erkeklik kokuyordu ve yüzeyindeki damarlar, onunla hesaplaşma zorunluluğumu anlatan bir gücün dışavurumuydu sanki. Kalan son çilek tatlarını kaçırarak, kendinden emin bir şekilde dudaklarımın arasından içeriye girdi.

Sonra aniden beklenmedik bir şey daha oldu ve ağzımın içinde sıcak, keskin tatlı, yoğun ve miktarı bol bir sıvı buldum. Yeni keşfedilen bu şey karşısında irkilmiştim. Elleri ile başımı kavrayarak daha güçlü bir biçimde beni kendisine doğru çekti. Nefes nefese kalmıştı, zorlukla nefes alıyordu, öyle ki bir an için, nefesinin sıcaklığının bana kadar ulaşabileceğini sandım. Ne yapacağımı bilemediğimden o sıvıyı yuttum. Yutarken yemek borumdan öyle bir ses çıktı ki utandım. Ben hâlâ diz çökmüş dururken ellerinin aşağıya düştüğünü gördüm. Başımdan tutup yukarıya kaldıracağını sanarak, gülümseyerek bekledim. Beklentimin aksine mayosunu yukarıya çekti, mayonun terden ıslanmış bedeninde çıkarttığı acayip sesi duydum. Kendi kendime ayağa kalktım ve gözlerinde beni rahatlatacak, kaygılarımı hafifletecek ve beni mutlu edecek bir şeyler görmeyi, bir şeyler duymayı umdum.

"Bir şey içmek ister misin?" diye sordu.

Ağzımda hâlâ o keskin tat olduğu için sadece bir bardak

su istedim. Odanın diğer tarafına gitti ve birkaç saniye sonra, elinde bir bardak su ile, ben hâlâ kapıya dayanmış, onun giderken açtığı ışığın aydınlattığı odayı merakla incelerken geri döndü. İpek perdeleri, heykelleri, şık divanların üzerindeki kitap ve dergileri inceliyordum. Kocaman akvaryumun ışığı duvarlara vuruyordu. Mutfaktan sesler geliyordu. Utanç duymuyordum ya da içimde herhangi bir huzursuzluk yoktu, yalnızca garip bir neşe vardı. Umursamaz bir tavırla su bardağını bana doğru uzattı. "Gerçekten de böyle mi yapılıyor?" diye ona sorduğumda, çok sonra içimi bir utanç kapladı.

Alaycı bir tavırla ve o pek güzel dişlerini göstererek, "Tabii," diye yanıtladı. O zaman gülümsedim ve onu kucaklayıp ensesinin kokusunu içime çekerken, tam da o sırada kulpunu tutarak kapıyı açmaya çalışan ellerini hissettim.

"Yarın görüşürüz," dedi ve benim için güzel olan bir öpüşmeden sonra aşağıya, diğerlerinin yanına indim.

Alessandra yüzüme gülerek bakıyordu, ben de onu gülümseyerek selamladım ve hemen başımı öne eğdim. Gözlerim yaşlarla dolmuştu.

29 Temmuz 2000

Günlük,
Yaklaşık iki haftadır Daniele ile çıkıyorum ve şimdiden kendimi ona çok bağlanmış hissediyorum. Benimle olan ilişkisinde inceliksiz olduğu, ağzından gönül okşayıcı, içtenlikli bir sözün çıkmadığı bir gerçek; yalnızca kayıtsızlık, sövgü ve iğneleyici gülüşler var. Bilmiyor ki bu tutumu beni ona

daha çok bağlıyor, sadık bir köpek haline getiriyor. Eminim, ona karşı beslediğim tutkuyu en kısa zamanda fark edecek ve bu tutku onu bütünüyle benim kılacak. Yazın şu sıcak ve tekdüze günlerinde kendimi sık sık, onun tadını, çilek kokulu ağzının tazeliğini, denizden yeni çıkmış taze balık gibi diri ve titrek kaslarını düşlerken buluyorum. Fantezi yüklü yoğun hazlar duyarak kendime dokunuyorum. İçimdeki tutkunun bedenimden dışarıya çıkmak, zincirden boşalmışçasına tüm gücünü dışa vurmak istediğini, tenimde hissediyorum. Sevişmekle aklımı bozdum. İçimde beslediğim bu tutkunun tümüyle boşalması ve sonunda özgür kalması için deli gibi, günlerce ve günlerce sevişmek istiyorum. Şimdiden biliyorum ki ne kadar sevişirsem sevişeyim hiçbir zaman doymayacağım. Kısa bir süre sonra bir kez daha çığrından çıkmak üzere, taşırdıklarımı yeniden ve yeniden geriye, kendi içime çekip eriteceğim. Ve bu döngü, her seferinde daha da tutkulu devam edecek.

1 Ağustos 2000

Bana, bende tutku yetersizliği olduğu için, o şeyi yapamayacağımı söyledi. Her zamanki alaycı tavrıyla söyledi. Kendimi aşağılanmış hissettim ve ağlayarak uzaklaştım.

Bahçelerindeki hamağa uzanmıştık. Başını bacaklarıma yaslamıştı. Saçlarını okşuyor ve on sekiz yaşının gizlendiği gözlerini kapatan kirpiklere bakıyordum. Parmağımı dudaklarında gezdirdim ve usulca ucunu arasından sokup ıslattım. Uyandı ve ne olduğunu soran bakışlarını gözlerime dikti.

"Sevişmek istiyorum, Daniele," dedim bir nefeste. Yü-

Melissa P.

züm resmen yanıyordu.

Yüksek perdeden ve öyle çok, öyle çok güldü ki nefesi kesildi.

"Hadi ordan yavrum! Bir daha söyle bakayım, ne yapmak istiyorsun? Sen daha beni emmeyi beceremiyorsun!" Şaşırmış ve aşağılanmıştım. Öylece bakakaldım. O an, onu, o pek bakımlı bahçesine gömmek; sonsuza kadar beni çiğneyip yok saymaya devam ederken, orada öylece çürümeye terk etmek istiyordum. Oradan kaçtım. Kaçarken "Bok herif!" diye öfkeyle bağırıyordum. Bahçe kapısını sertçe kapattım, gururu kırılmış, ruhu yıkılmış yok olmuş bir halde, oradan uzaklaşmak için scooter'ımı çalıştırdım.

Günlük, insanın kendini sevgiye açması, sevginin akışına bırakması neden bu denli güç? Sevgisini güvence altına almak için sıvısını içmemin gerekli olduğunu bilmiyordum. Kendimi tümüyle ona vermemin yeterli olacağını düşünüyordum ama vermeye hazır olduğum o anda, vermek istediğim anda, benimle dalga geçti, yüzüme güldü ve o biçimde kovdu. Aşkımı ifade etme isteğimden hiç söz edilmedi bile. Aslında yapamayacağımı sandığı şeyi deneyebileceğimi, ne kadar inatçı olduğumu ve başarabileceğimi henüz bilmiyor.

3 Aralık 2000
22:50

Bugün benim doğum günüm. On beşime basıyorum. Dışarısı soğuk ve sabah çok yağmur yağdı. Eve benim pek de misafirperver davranmadığım bazı akrabalarımız geldi. Annem ve babam, onlar gittikten sonra beni azarladılar.

Sorun, anne ve babamın yalnızca kendi hoşlarına gidecek şeyleri görmek istemelerinden kaynaklanıyor. Kendileri neşeli olduklarında benim neşeme eşlik ediyorlar, tatlı dilli ve anlayışlı oluyorlar. Mutsuz olduklarında kendi kabuklarına çekilip uzak duruyorlar, vebalıymışım gibi benden kaçıyorlar. Annem, yaşayan bir ölü olduğumu, cenaze marşları dinlediğimi, tek yaptığımın odama kapanıp kitap okumak olduğunu söylüyor. Daha doğrusu bunları bu kelimelerle ifade etmiyor ama ben bakışlarından anlıyorum. Babamın ise günlerimi nasıl geçirdiğim hakkında en ufak bir bilgisi bile yok, zaten bende de ufacık da olsa anlatma isteği...

Eksikliğini duyduğum şey sevgi, istediğim saçlarımın okşanması, beklediğim sıcak bir bakış.

Okulda da cehennem gibi bir gün geçirdim. İki sözlüde, hiç ders çalışma isteğim olmadığından, hazırlıksız yakalandım ve Latince'den dönem ödevi almak zorunda kaldım. Daniele sabahtan akşama kadar başımın etini yiyor, gece rüyalarıma giriyor. Kimselere onun için duyduklarımı açamıyorum, anlatsam bile kimsenin anlamayacağını biliyorum.

Yazılı sınav olduğumuz salon sessiz ve sigortalar attığı için loştu. Hannibal'i[1] Alpler'i aşabilmesi ve Campidoglio bölgesinin kazlarının da onun iyileşmesini beklemeleri için rahat bıraktım ve bakışımı camları buğulanmış pencerelere çevirdim. Gözüme mat ve donuk görüntüm ilişti; günlük, aşksız bir insan bir hiçtir, koca bir hiç... Ve ben kadın değilim.

---

1. Kartacalı general ve devlet adamı (MÖ 247- MÖ 183) Roma İmparatorluğuna karşı açtığı İkinci Pön Savaşı sırasında Pireneleri ve Alpler'i aşarak Ticino ve Trebia'da Romalılar'ı yendi (MÖ 218). Apeninler'i aşarken bir gözünü kaybetti. Campania Bölgesine kadar ilerleyerek MÖ 203 yılına kadar İtalya topraklarında kaldı. Daha sonra Kartaca'ya döndü. (ÇN)

Melissa P.

25 Ocak 2001

Bugün o on dokuz yaşına basıyor. Uyanır uyanmaz cep telefonuma uzandım ve tuşların çıkarttığı bip bip sesleri odamda çınladı. Ona yanıtlamayacağını, teşekkür etmeyeceğini, hatta okurken güleceğini bile bile kutlama mesajı yolladım. Yazdığım son satırı okurken kendini tutamayarak gülecektir: "Seni seviyorum, değerli olan da zaten bu".

4 Mart 2001
7:30

Deftere son yazı yazışımdan bu yana epey zaman geçti ve hemen hemen hiçbir değişiklik yok. Geçen bu süre içinde oradan oraya sürüklendim ve dünyanın yerli yersiz tüm sorunlarını omuzlarıma yükledim. Çevremde yalnızca ikiyüzlülük görüyorum ve dışarı çıkma fikri bile beni hasta etmeye yetiyor. Nereye çıkacağım? Kimle çıkacağım?

Bu süre içerisinde, Daniele'e karşı olan duygularım gittikçe güçlendi ve şu anda benim olması için, hatta olması düşüncesiyle bile, çıldırıyorum.

Evinden ağlayarak kaçtığımdan bu yana görüşmüyoruz ve geçen bu süre içinde beni hiç yalnız bırakmayan monotonluk dün akşamki telefonuyla bozuldu. Geçen bu süre içinde değişmemiş olmasını umut ediyorum. Her şeyin o "Bilinmeyen" ile tanıştığım sabahki gibi kalmış olmasını diliyorum.

Sesini duymak beni uzun ve ağır bir uykudan uyandırdı. İşlerin nasıl gittiğini, geçen bu süre içerisinde neler yaptığımı, daha sonra da gülerek, memişlerimin büyüyüp büyümediğini sordu, doğru olmadığı halde büyüdüklerini söyledim. Havadan sudan konuşmamız bitince, ondan ayrıldığım sabah söylediğim şeyi, o şeyi yapmak istediğimi yineledim. Tüm bu geçen aylar boyunca arzudan paramparça olmuştum, öfkemi kendimden çıkarırcasına, binlerce kez hazza ulaşarak kendime dokunmuştum. Arzu, ders saatlerinde bile bana egemen oluyordu. Böyle zamanlarda, kimsenin bana bakmadığından emin olduktan sonra, "Gizem"i sıranın demir kenarına dayıyor, bedenimle hafifçe bastırıyordum.

Nasıl olduysa dün, telefonda, benimle dalga geçmedi. Tam tersine ona güvenip sırrımı açıklarken beni sessizce dinledi, bunda garipsenecek herhangi bir şey olmadığını, kimi arzular duymamın doğru ve sağlıklı olduğunu söyledi.

"Hatta," dedi, "Seni uzunca bir süredir tanıdığıma göre arzularını gerçekleştirmende yardımcı olabilirim".

İçimi çektim ve başımla onayladım, "Sekiz ay içinde bir genç kız değişebilir ve daha önce anlamadığı şeyleri anlamaya başlayabilir. Daniele, anlaşılan şu sıralar emrine amade bir karı bulunmuyor ki birdenbire aklına ben geldim," diye hırladım, içimden "sonunda aradın" diye geçirken.

"Vay be, sen almış başını gitmişsin kızım! Kapatıyorum, senin gibi biriyle konuşamam".

Yüzüme kapının bir kez daha çarpılmasından korkarak geri adım attım ve "Yok, hayır!" diye yalvardım. "Tamam, tamam. Kusura bakma," dedim.

"Görüyorum ki aklın başına çabuk geldi... Sana bir önerim var," dedi.

Ne söyleyeceğini merak ettiğimden çocuk gibi konuşarak onu yüreklendirdim. Benimle o şeyi yalnızca, aramızda duygusal herhangi bir şey gelişmeyecekse, salt cinselliğe dayalı bir ilişki olacaksa ve birbirimizi canımızın çektiği an arayabileceksek ve yalnızca bu koşulda yapacağını söyledi. Cinselliğe dayalı bir ilişkinin, başlangıçta olmasa bile uzun dönemde, alışkanlıkla da olsa aşk ve sevgiye dayalı bir ilişkiye dönüşebileceğini düşündüm. Masum kaprislerimi göz ardı ederek isteklerine boyun eğiyordum. Bu durumda, bıktığında fazla sorun yaşamadan üzerinden atıp kurtulacağı, geçici süreli âşığı olacaktım. Böyle bakıldığında gerçek ve mutlak bir anlaşmaydı. Bu anlaşma, taraflardan birisi oldukça kurnaz, diğeri ise koşulları boynu bükük ve kalbi kırık, meraklı ve istekli olarak kabullenmiş iki kişi arasında yapılıyordu. Yalnızca ortada, altına imza atılıp kasada saklanacak yazılı bir belge yoktu.

Bütün bunlara karşın başarmak istiyorum, çünkü o anın güzel, şiirsel ve ışıl ışıl olmasını ve hayatımın sonuna kadar belleğimde yer etmesini istiyorum.

15:18

Bedenimin tükenmiş olduğunu ve inanılmaz ağırlaştığını hissediyorum. Sanki koskocaman bir şey üzerime düştü ve ben altında ezildim. Fiziksel acıdan söz etmiyorum, bu bambaşka bir acı, içerlerde bir yerlerde. Fiziksel acı olmadı, üstüne çıktığım anda bile fiziksel bir acı duymamıştım...

Bu sabah scooter'ımı aldım ve şehir merkezindeki evine gittim. Sabahın çok erken saatiydi, şehrin büyük bir bölümü uykuya devam ediyordu, caddeler hemen hemen boştu. Geçen kamyonlar bana korna çalıyorlar ve laf atıyorlardı. Beni daha güzel ve parıltılı yapan neşemin farkına vardıklarını düşündüğümden ben de onlara gülümsüyordum.

Evinin kapısına geldiğimde, her zamanki gibi feci erken gelmiş olduğumu fark ettim. Motorun üzerine oturdum, okul çantamı açtım ve bu sabah sınıfta işlememiz gereken Yunanca dersimin kitabını çıkartarak konunun üstünden geçmeye başladım. Birisi ile yatmak için okulu kırdığımı öğretmenlerim ah bir duysa! Tedirgindim, okuduklarımdan tek kelime anlamadan sayfaları çevirip duruyordum, kalbim küt küt atıyordu, kanımın damarlarımda son sürat aktığını derimin altından hissedebiliyordum. Kitabımı kaldırdım ve motosikletin aynasında saçımı başımı düzelttim. Badem biçiminde olan pembe gözlüklerimin nefesini keseceğine ve üzerimdeki pançoya hayran olacağına emindim. Dudaklarımı hafifçe ısırarak gülümsedim ve kendimle gururlandığımı fark ettim. Saat dokuza yalnızca beş vardı ve kapıyı biraz erken çalsam dünyanın sonu gelmeyecekti.

Zile bastım ve pencerelerden birinde üstü çıplak olarak dikildiğini gördüm. Ahşap kepengi kaldırdı, sert ve alaycı bir ifade ile: " Daha beş dakika var, olduğun yerde bekle, saat tam dokuzda çağıracağım," dedi. Aptal aptal güldüm. Şimdi geri dönüp bir kez daha düşündüğümde, aslında yaptığının, aramızdaki ilişkide kimin kural koyucu, kimin kural uygulayıcı olduğunu anlatmak olduğunu anlıyorum.

Balkona çıktı ve "Gelebilirsin," dedi.

Merdivenler kedi sidiği ve pörsümüş çiçek kokuyordu. Kapının açıldığını duydum. Hiçbir şeye geç kalmak istemediğimden merdivenleri ikişer ikişer atlayarak çıktım. Kapıyı açık bırakmıştı, yavaşça seslendim. Mutfaktan tıkırtılar geliyordu, oraya yönelmek için odayı geçerken ortada bir yerde karşılaştık. Çilek tadını anımsatan dudakları ile sertçe ama güzel bir öpücükle beni durdurdu.

"Şu tarafa git, bir saniye sonra geliyorum," dedi, sağdaki ilk odayı işaret ederken.

Darmadağınık odasına girdim. Yeni yataktan kalktığı belliydi. Duvara Amerikan araba plakaları, manga tarzı çizgi film kahramanlarının posterleri, çıktığı seyahatlerden fotoğraf ve kartlar asılmıştı. Komodininin üzerinde çocukluk fotoğrafı duruyordu, parmağımın ucuyla okşadım. Arkamdan gelip bakmamam gerektiğini söyleyerek çerçeveyi indirdi.

Omuzlarımdan tutarak beni döndürdü, dikkatlice süzdükten sonra, "Ne boktan giyinmişsin!" diye haykırdı.

"Siktir git Daniele!" dedim bir kez daha yaralanmış olarak.

Telefon çaldı, yanıtlamak için odadan çıktı. Ne dediği tam olarak anlaşılmamakla birlikte, kesik kesik kelimeler ve patlayan gülmeler duyuluyordu. Sonra, "Bekle biraz, gidip bakayım, sonra söylerim sana," dediğini duydum.

Kapıdan kafasını uzattı, bana baktı ve telefonun olduğu yere dönerek, "Elleri ceplerinde yatağın kenarında duruyor. Gidip becereyim sonra sana nasıl olduğunu anlatırım. Hoşça kal," dedi.

Sırıtarak geldi. Ben de sinirli bir gülümseme ile karşılık verdim.

Tek kelime etmeden kepengi indirdi, odasının kapısını kilitledi, bir an bana baktı, pantolonunu indirdi, donuyla kaldı.

"Eee? Niye hâlâ giyiniksin? Soyunsana," dedi yüzünü buruşturarak.

Ben soyunurken gülümseyerek bana bakmaya devam etti. Çırılçıplak kaldığımda, kafasını hafifçe eğerek "Eh! Pek fena sayılmazsın. Anlaşılan iyi bir anlaşma yapmışım," dedi. Bu kez gülmedim, sinirliydim ve kepenklerin arasından süzülen ışıkta bembeyaz ve duru tenli gözüken kollarıma bakmayı sürdürdüm. Boynumdan öpmeye başladı, sonra yavaş yavaş aşağılara inmeye başladı. Göğüslerime, sonra yavaş yavaş "Gizem"e geldi. Lethe'de su kıpırdanmış, akmaya başlamıştı bile.[2]

"Niye tüylerini almadın," diye söylendi.

"Böylesi daha çok hoşuma gidiyor," dedim aynı ses tonunda.

Başımı hafifçe eğdiğimde uyarıldığını görebiliyordum. O zaman başlamak isteyip istemediğini sordum.

"Nasıl yapmak istersin?" diye sordu duraksamadan.

"Bilmem. Sen söyle. Daha önce hiç yapmadım ki," dedim, söylediğimden azıcık utanarak.

Karman çorman yatağına uzandığımda çarşaflarının soğukluğunu hissettim. Daniele üstüme çıktı, dik dik gözlerime baktıktan sonra, "Sen üste çık," dedi.

"Canım acımaz değil mi yukarıda olunca?" diye sordum

2. Mitolojide gerek Homeros gerekse Vergilius, yeraltında bulunan Ölüler Ülkesinden söz ederler. Ölüler Ülkesi yeraltı mağaraları, gölleri ve nehirleri ve tabii ki ölü ruhlarıyla, On İki Büyük Olimpos tanrısından biri olan Hades ve karısı Persephone tarafından yönetilirdi. Hades de denilen bu yeraltı Ölüler Ülkesini dünyadan ayıran üç ırmaktan söz edilir. Ateş ırmağı Phlerghethon, tanrıların adına yemin ettikleri Sytks ve unutuluş ırmağı Lethe. Lethe'nin suyundan içenlerin yaşanılan dünyada unutulan şeylerin hatırlatılacağına, hatırlanmak istenmeyen şeylerin unutulacağına ve ırmağın suyundan içenlerin geleceği görebileceklerine inanılır. (ç.n.)

acıklı bir sesle.

"Umurumda bile değil," dedi yüzüme bile bakmadan.

Üzerine çıktım ve aletinin bedenimin merkezine doğru yol almasını bekledim. Canım biraz acıdı, ama öyle dayanılamayacak gibi değildi. İçimde olduğunu hissetmek, sandığım gibi beni alt üst edecek kadar kışkırtıcı değildi, aslında tam tersiydi. İçimdeki organı canımı yakıyordu ve sıkıntı veriyordu. Ama ona o şekilde takılı kalmak zorundaydım.

Ağzımdan tek bir inilti çıkmadı, dudaklarım bir gülüşle gerilmişti. Duyduğum acıyı yansıtmak, ona, yaşamak istemediği duyguları açıklamak anlamına geliyordu. Bedenimi kullanmak istiyordu, aydınlığımı görmek değil.

"Hadi küçüğüm, canını acıtmayacağım," dedi.

"Sakin ol, korkmuyorum. Ama sen üste çıkamaz mısın?" dedim tatlı bir gülüşle. Oflayarak kabul etti ve üzerime atladı.

"Bir şey hissediyor musun?" dedi yavaş yavaş gidip gelmeye başladığında.

"Yo, hayır," dedim, acı duyup duymadığımı kastettiğini sanarak.

"Nasıl yoo? Prezervatifin etkisiyle olsa gerek..."

"Bilmem," dedim "Herhangi bir acı hissetmiyorum".

Yüzünü buruşturarak baktı ve "Hassiktir, bakire değilsin!" diye patladı.

Hemen yanıt vermedim. Şaşakalmıştım. "Nasıl değilim? Affedersin ama bu ne anlama geliyor?"

"Kimle yaptın daha önce ha?" diye sordu üzerimden hızla kalkıp yerlere saçılmış giysilerini toplarken.

"Kimseyle yapmadım, yemin ederim ki!" dedim haykırarak.

"Hadi... Bugünlük işimiz bitti,"

Daha sonra olanları anlatmam gereksiz, Günlük. Ağlamaya ya da bağırmaya bile cesaret edemeden oradan ayrıldım. Yüreğimi daraltan ve sinsi sinsi kemiren bir hüzün ile tek başıma kalmıştım.

6 Mart 2001

Bugün, öğle yemeği sırasında, annem sorgulayıcı bakışları ve kaygılı ses tonuyla, bugünlerde beni bunca düşündüren şeyin ne olduğunu sordu.

"Okul," dedim içimi çekerek, "Gırtlağıma kadar ödeve battım!".

Babam, bir yandan spagettisini çatalına dolarken bir yandan da boynunu uzatarak haberlerde İtalya'nın güncel politikasındaki gelişmeleri izlemeye çalışıyordu. Domates soslu dudak izlerim çıkacak biçimde ağzımı masa örtüsüne sildim. Aceleyle mutfaktan çıkarken annem, benim saygısız bir insan olduğum, hiçbir şeye ve hiç kimseye saygı duymadığım, benim yaşımdayken onun bir sürü sorumluluğunun olduğunu, o zamanlar masa örtüsünü kirletmek bir yana yıkayıp ütülemekle yükümlü olduğu konusunda sövüp sayıyordu.

"Tabii, tabii!.." diye öteki odadan avazım çıktığı kadar bağırıyordum. Yatağımı açıp örtülerin altına büzülürken gözyaşlarım çarşafları ıslatıyordu.

Çarşaflara sinmiş yumuşatıcının kokusu burnumdan akan sümüklerimin kokusu ile garip bir bileşim oluşturmuştu. Avucumun içiyle burnumu ve göz yaşlarımı sildim. Kısa bir süre önce Taormina'ya[3] gittiğimizde, Brezilyalı kaldırım ressamının çizdiği, duvarıma astığım portreme baktım. Yolda yürürken durdurmuş ve "Öyle güzel yüzün var ki, izin ver de çizeyim. Hediye olarak yapacağım, para istemem," demişti.

Kara kalem kâğıt üzerinde gidip gelirken gözlerinin içi gülmüş ve parlamıştı, oysa dudakları sıkı sıkı kapalıydı.

"Neden güzel bir yüzüm olduğunu düşündünüz ki?" diye sormuştum hareketsiz poz verirken.

"Çünkü güzelliği, saflığı, yürek temizliğini ve tinselliği yansıtıyor," demişti hareketleri ile anlatımını güçlendirmeye çalışırken.

Yatağın içinde ressamın söylediklerini ve daha dün sabah, yaşlı Brezilyalının, ender olarak bir arada bulunan ve bende görüldüğünü söylediği şeyleri nasıl yitirdiğimi bir kez daha düşündüm. Buz gibi çarşafların üstünde, yüreğimi sinsice kemirerek artık çarpmamasına yol açan birisinin elleri arasında yitirdim. Öldü. O fark etmese bile, belki de ileride kimselerin hiçbir zaman fark etmeyeceği bir kalbim var, Günlük. Onu yeniden birine açmadan önce, bedenimi herhangi birine sunabilirim ve bunu iki nedenle yaparım. Bir, tadıma bakarken kızgınlığın ve kırgınlığın da tadına bakıp acımayla karışık az da olsa sevgi duyabilir. İki, tutkuma öylesine tutulur ki onsuz yapamaz hale gelebilir. Ancak ve ancak ondan sonra, o her zaman en çok istediğim şeyden eksilmeden, kendimi bütünüyle ona verebilirim; duraksamadan, zorlamadan, sınırlamadan. Bu süre içinde kollarımın arasın-

---

3. Sicilya adasının kuzey doğusunda yer alan turistik belde. Etna Yanardağı ile Monte Ta-uro'ya bakan deniz kıyısında bulunmaktadır. Goethe ve L.H.Lawrence gibi yazarlara esin kaynağı olmuştur. (ç.n.)

da sıkı sıkı sarmalayacağım, zorlukla yetişen nazik bir çiçek gibi büyümesine yardım edecek ve deli bir rüzgârın günün birinde onu önüne katıp birdenbire yok etmesine izin vermeyeceğim, yemin ederim ki.

9 Nisan 2001

Günler gittikçe güzelleşiyor. İlkbahar birdenbire geliverdi. Bir sabah kalktım ve çiçeklerin uç verdiğini, havanın ılındığını, göğün yansımasıyla denizin canlı maviye dönüşüverdiğini fark ettim. Sabahları okula scooter'ımla giderken soğuk ısırıyor, ancak gökyüzündeki güneş gelecekteki güzel günleri müjdeliyor. Denizin içinde sivri kayalar yükseliyor, Polyphemos'un gözünü kör eden "Kimselere" fırlattıklarından.[4] Denizin derinliklerinden fışkırıyorlar, kim bilir kaç yıldır oradalar ve ne savaşlar ne depremler ne de Etna'nın akan lavları onları göçertebildi. Suyun üzerinde görkemle yükselirlerken bana yeryüzünde var olan bunca ikiyüzlülüğü, bunca zavallılığı çağrıştırıyorlar. Konuşuyoruz, hareket ediyoruz, besleniyoruz, çok sayıda edimi yerine getiriyoruz ama kayalardan farklı olarak aynı yerde ve aynı biçimde ka-

4. Polyphemos mitolojide, tanrı Zeus'un deniz tanrısı olan kardeşi Poseidon'un oğlu olarak geçer. Homeros'un Odysseia'sında (MÖ 8-6.yy), Theokritós (MÖ 3.yy) ve Lukianos (MS 2.yy) eserlerinde adı geçer.
Alnının ortasında tek ve büyük bir gözü olan bir devdir. Tek başına yaşadığı adaya çıkan Odysseus ve adamlarını esir alarak mağarasına kapatır. Odysseus ve adamları, kendilerini esir ederek tek tek yemeğe başlayan devi, şarap ile sarhoş edip, ateşte kızdırdıkları kazık ile gözünü dağlayıp kör ederler. Acıyla uyanan dev, uyuyakaldığı , yaşadığı ve esirleri tutsak ettiği mağarasının önüne koyduğu kayayı, çevrede bulduğu diğer kayalarla birlikte, sahilde bekleyen gemilerine doğru kaçmakta olan Odysseus ve adamlarına fırlatır. Esirlerinin kim olduğunu bilmemekte ve rastgele fırlatmaktadır. Deniz içerisinde tek tek duran kayalar, Polyphemos'un o zaman rastgele fırlattığı kayalara benzetilir.
Yazar Sicilya adasının doğusunda bulunan Katanya şehrinde yaşamaktadır ve Sicilya Adası sahilleri bu türden kayalarla çevrilidir. (ç.n.)

lamıyoruz. Gittikçe kötüleşiyoruz, Günlük. Savaşlar öldürüyor, depremler sonumuzu getiriyor, lavlar yutuyor ve aşklar bizleri aldatıyor. Aslında âşık bile sayılmayız, belki de en iyisi bu, değil mi?

Dün gece, Polyphemo'nun kayaları bize bakakaldılar, o, soğuktan titremelerime aldırmaksızın bedenimin üzerinde kasılmalarla sarsılırken, ben gözlerimi ayın deniz üzerine düşmüş şavkına dikmişken. Her şey sessizce oldu bitti, her zamanki gibi, aynı biçimde, aynı zamanda. Yüzünü omuzlarımın arkasına doğru sarkıtmıştı, artık sıcak olmayan nefesini boynumda duyumsuyordum. Salyaları tenimin her bir santimetresini ıslatmıştı, tembel ve üşengeç bir sümüklüböceğin salgısının izini bıraktığı gibi. Teni, bir yaz sabahı öpmeye doyamadığım o ıslak ve parlak bedene ait değilmiş gibiydi; dudakları çilek tadında değildi, hatta hiç tadı yoktu. Bana bir ödül olarak sunduğunu sandığı o gizli hamlesini yaptığı anda, daha çok domuz homurtusuna benzeyen o hırıltısını da çıkarttı. Üzerimden kalkıp benim uzandığım deniz hasırının yanında duran kendi hasırına yüzükoyun uzanırken, omuzlarına binmiş bir yükten kurtulurmuş gibi içini çekti. Yan uzandım ve sırtının kıvrımlarını beğeniyle seyrettim. Bir an içimde uyanan dokunma isteğiyle elimi uzattıysam da tepkisinden ürkerek geri çektim. Bir ona, bir denizdeki kayalara bakıyordum. Bakışlarımı hafifçe kaydırırken ortada asılı duran ay gözüme ilişti. Keyifle aya bakmayı sürdürdüm. Sonra gözlerimi kısarak yuvarlaklığını ve tanımlanamaz güzellikteki rengini görme merkezime aldım.

Sanki birden daha önce anlamadığım bir şeyi şimdi anlamışım gibi, sanki daha önce ulaşılamaz olan bir sırra ermişim gibi aniden dönüverdim ve "Seni sevmiyorum!" dedim usulca, kendi kendime söylüyormuşum gibi.

Bunu düşünmeye zamanım olmamıştı bile.

Bana doğru döndü, gözlerini açtı ve "Ne saçmalıyorsun sen?" diye sordu.

Başımı çevirmeden, bir süre yüzüne baktım ve öncekinden daha yüksek sesle, "Seni sevmiyorum!" dedim.

Bir süre sessizce durduktan sonra yeniden bana sırtını döndü. Biraz öteden araba kapısının kapanma sesi ile genç bir çiftin gülüşmeleri duyuldu. Yüzünü, rahatsız olduğunu gösterir bir ifadeyle onlara doğru döndü ve "Ne bok yiyor bunlar... Düzüşmek için burayı mı buldular, beni rahat bıraksalar ya!" dedi.

Tırnaklarımdaki parlatıcının parıltılarını incelerken, "Sanırım onların da istedikleri yerde birbirlerini becerme hakları var, değil mi?" dedim.

"Bak tatlım... Başkalarının ne yapıp ne yapamayacaklarını sen söyleyemezsin. Kararları hep ben verdim ve veririm, hatta ve hatta senin hakkındaki kararları da hep ben verdim, bundan böyle de yine ben vermeye devam edeceğim".

O konuşurken sıkıldığımı belli ederek yüzümü döndüm ve nemli hasırıma uzandım. Sinirli sinirli omuzlarımdan sarsmaya ve sıktığı dişlerinin arasından anlaşılmaz sesler çıkartmaya başladı. Kıpırdamadım, bedenimdeki hiçbir kas hareket etmiyordu.

"Bana böyle davranamazsın!" diye avazı çıktığı kadar haykırıyordu, "Sen beni böyle fırlatıp atamazsın! Ben konuştuğum zaman beni dinlemek zorundasın ve sakın arkanı dönmeye kalkma, anladın mı?"

Melissa P.

O zaman hızla döndüm, bileklerinden sıkıca kavradım ve ellerimin arasında güçsüzlüklerini fark ettim. Ona acıdığımı ve kalbimin sıkışmakta olduğunu hissettim.

"Benimle konuşsaydın seni saatlerce dinleyebilirdim, keşke dinlememe fırsat verseydin," dedim usulca.

Bedeni gevşedi. Gözlerini kıstı ve aşağıya doğru çevirdi. Hıçkırarak ağlamaya başladı. Utancından yüzünü elleriyle kapatmıştı. Sonra yeniden hasırın üzerine bacaklarını kıvırarak uzandı. Kıvrık bacaklarıyla daha çok masum ve korunmasız bir çocuğa benziyordu.

Yanaklarından öptüm, sessizce hasırımı katladım, oraya buraya dağılmış eşyalarımı toplayarak yeni gelen genç çifte doğru döndüm. Birbirlerine sarılmışlardı. Koklaşıyorlardı. Genç kız erkeğin boynuna sarılmış, kokusunu içine çekiyordu. Bir an için durdum ve onları seyrettim. Dalgaların çıkarttığı hışırtı arasında "seni seviyorum" diye fısıldaştıklarını duydum.

Beni eve kadar getirdiler. Rahatlarını kaçırdığım için özür diledim, defalarca teşekkür ettim. Tam aksine, bana yardım edebilmiş olmaktan ötürü mutluluk duyduklarını söylediler.

Bu satırları yazarken suçluluk duyuyorum, Günlük. Islak kumların üzerinde onu ağlarken, acınacak haldeyken bıraktım, ona katı davrandım, bir alçak gibi uzaklaştım. Kendisini kötü hissetsin diye yalnız bıraktım. Bütün bunları onun için yaptım, biraz da kendim için. Bugüne kadar beni hep ağlattı ve beni sarıp sarmalamak, teselli etmek yerine benimle dalga geçti. Yalnız kalmak onun için dram olmayacak. Benim için olmayacağı gibi.

30 Nisan 2001

Mutluyum, mutluyum, mutlu! Mutlu olmam için hiçbir şey olmamasına karşın mutluyum. Hiç kimse beni telefonla aramıyor, hiç kimse gelmiyor. Bununla birlikte tüm gözeneklerimden neşe fışkırıyor ve bugüne dek olmadığım kadar çok memnunum kendimden. Paranoyalarımın tümünü kovdum, kaygıyla telefon edecek diye beklemiyorum, bedenimi ve beni umursamaksızın üzerime çıkıp tepinmelerinin bıraktığı hüzün yok artık. Anneme, kim bilir nereden döndükten sonra, nerede olduğumu sorduğunda bir araba yalan söylemekten kurtuldum. Her zamanki can sıkıcı yanıtlarım yok artık. Yok şehir merkezinde bira içiyorduk da, yok sinemadaydık da, yok tiyatrodaydık da... Eğer oralara gitmiş olsaydık neler olurdu diye hayal kurarak uykuya dalmalar da yok. Eminim çok eğlenirdim, yeni insanlar tanırdım; yalnızca ev, okul ve Daniele ile olan cinsel yaşamım arasında sıkışıp kalmış bir yaşamım olmazdı. Şimdi öyle bir yaşam istiyorum. Böyle bir yaşamı kurmak ne kadar zaman alır, nelere mal olur umurumda değil. Şimdi Melissa ile ilgilenecek birilerini istiyorum. Belki yalnızlık beni tüketiyor ama beni ürkütmüyor. Ben, kendimin en iyi arkadaşıyım; asla kendi kendimi aldatmam, asla bırakıp gitmem. Belki kendime kötülük ediyorum, belki evet yapıyorum bunu. Bunu kötülük yapmaktan hoşlandığım için yapmıyorum, kendimi bir biçimde cezalandırmak istediğimden yapıyorum. İyi de, benim gibi birisi, kendini hem sevip hem de nasıl cezalandırabilir, aynı anda? Bunun bir çelişki olduğunu biliyorum, Günlük. Bugüne kadar aşk ve nefret, hiç bu kadar iç içe, hiç bu kadar karşı karşıya, hiç bu kadar benim içimde olmamışlardı.

7 Temmuz 2001
00:38

Bugün onu yeniden gördüm. Bir kez daha, umarım son kez duygularımı kötüye kullandı. Her zamanki gibi başladı ve aynı biçimde bitti. Ben salağın tekiyim, Günlük. Bir kez daha bana yaklaşmasına izin vermemeliydim.

5 Ağustos 2001

Sonsuza kadar bitti. Alçak gönüllülük yapmayacağım ama benim bitmediğimi söyleyebilirim memnuniyetle, tam tersine yaşamaya yeni başlıyorum.

11 Eylül 2001
15:25

Belki Daniele de şu anda televizyonda benim seyrettiğim programı seyrediyor ve benim gördüklerimi görüyordur.

28 Eylül 2001
9:10

Okul daha yeni açılmıştı ama her zamanki gibi direniş, toplantı ve gösteri rüzgârları esmeye başlamıştı. Eylemcilerle onlara karşı çıkan yönetim arasında girişilecek kavgalarda, tartışmacıların kızgın yüzlerini kafamda canlandırabiliyorum. Az sonra, küreselleşme konulu bu yılın ilk toplantısı başlayacak. Şu anda dersimiz boş. Arkamdaki kızlar bu sabahki konuşmacılardan biri hakkında konuşuyorlar. Melek yüzlü ve sivri zekâlı, yakışıklı bir çocuk olduğundan söz ediyorlar. İçlerinden biri sivri zekâdan çok melek yüzünün onu ilgilendirdiğini söyleyince diğerleri kıkırdadılar. Arkamdakiler, birkaç ay önce, hakkımda, "sevgilisi bile olmayan birine verdi" diye dedikodu yaparak beni rezil eden tipler. İçlerinden birine sırrımı açmış ve Daniele ile aramda geçenleri anlatmıştım. O da bana sarılmış ve büyük bir ikiyüzlülükle "Çok üzüldüm," demişti.

"Niye böyle birisine ebeletmiyorsun kendini?" dedi deminki diğerine.

"İtiraz etse bile onun zorla ırzına geçerim," diye yanıtladı diğeri gülerek.

"Ya sen Melissa?" diye bana sordu, "Sen ne yapardın?"

Arkama, onlara doğru döndüm, onu tanımadığımı ve hiçbir şey yapmak istemeyeceğimi söyledim. Şimdi gülüşüyorlar. Gülme seslerine, boş saatin bittiğini haber veren zilin metalik sesi karışıyor.

16:35

Toplantı için sahneye kurulmuş olan platforma oturum başkanı olarak çıktığımda, düşürülmek istenen gümrük vergileri ya da yakılan McDonalds'lar hakkında herhangi bir hazırlığım yoktu. Ben ve iki yanımda karşıt görüşlerdeki konuşmacılar, uzun toplantı masasının tam ortasında oturuyorduk. Melek yüzlü çocuk hemen yanı başımda oturuyordu ve yakışıksız bir biçimde tükenmez kalemini kemiriyordu. Sağ görüşlü konuşmacı, kızgın sol görüşlünün söylediklerine kendinden emin bir tavırla karşı çıkarken gözlerim tükenmez kalemin mavi mürekkebini dişlerine bulaştırmış olan melek yüzlüye kayıyordu.

"Söz almak istiyorum, ismimi katkıda bulunacaklardan biri olarak duyurur musun?" dedi, önündeki not kâğıtlarından kafasını kaldırmadan.

"Adın nedir?" dedim alçak sesle.

"Roberto," dedi bu kez gözlerime bakarak, o ana kadar bilmediğime şaşırmış bir ifadeyle.

Konuşmak için ayağa kalktı. İçeriği güçlü ve sürükleyici bir konuşması vardı. Elinde mikrofon ve tükenmez kalemi ile rahat tavırlarını izliyordum. Dinleyiciler, doğru noktalara değinmesini bilen, düşündüğünü tersine bir anlatımla, alaycı ve hazırcevap üsluplu konuşmasına dikkat kesilmişlerdi. Hukuk bölümünde okuyan bir öğrencinin, belirli bir konuşma becerisinin olması doğal diye düşünüyordum ki zaman zaman dönerek bana baktığını fark ettim. Bunun üzerine ben de şeytanca bir dürtüyle ama doğal bir tavırla, gömleğimin yakasını hafifçe, göğüs aralığına kadar görünecek biçimde açtım. Belki de yaptığımın farkına vararak biraz tedirgin ve meraklı görünerek daha sık dönmeye, beni kesmeye başladı, en azından bana öyle geldi. Konuşması bittiğinde yerine oturdu ve alkışları umursamazcasına tükenmez kalemini yine ağzına sokarak kemirmeye başladı. Sonra bana doğru dönerek, "Adını hatırlamıyorum," dedi, ben konuşmaları tutanaklar geçirirken.

Biraz oyun oynamak istedim onunla ve "Henüz söylememiştim," dedim.

"Aa! Evet doğru," dedi başıyla hafifçe onaylayarak.

Notlarının üzerine eklemeler yapmaya başladığını gördüm. Adımı söylememi beklediğini düşünerek mutlu mutlu gülümsedim.

Doğal ve saf gülümsememle, "Melissa," dedim.

"Hmm... Yunanca'da 'arı' demek. Bal sever misin?"

"Fazla tatlı," dedim. "Daha kuvvetli lezzetleri tercih ederim," diye yanıtladım.

Başını salladı, gülümsedi. İkimiz de yapmakta olduğumuz not alma işine döndük. Biraz sonra o sigara içmek için yerinden kalktı. Başka bir yakışıklıyla güldüğünü ve el kol hareketleri yaparak konuştuğunu görüyordum. Arada sigarasını ağzından uzaklaştırıp bana bakıyor ve gülümsüyordu. Uzaktan daha uzun boylu ve daha ince görünüyordu. Saçları yumuşacık ve kokuluymuş gibi duruyordu, bronz renkli perçemleri tatlı tatlı yüzüne düşmüştü. Elektrik direğine, tüm yükünü kalça kemiğine verircesine yaslanmıştı. Eli pantolonunun cebindeydi ve sanki cebinden kalça kemiğini çekip çıkartacakmış gibi duruyordu. Yeşil kareli gömleği pantolonundan dışarıya çıkmıştı. Yuvarlak gözlükleri entelektüel görüntüsünü tamamlıyordu. Arkadaşını okul çıkışlarında bildiri dağıtırken sık sık görmüştüm. Ağzında hep yarı sönük purosu olur.

Oturum bittiğinde, temize çekip tutanak olarak teslim etmek zorunda olduğum, masanın her yanına dağılmış notlarımı toplarken Roberto geldi, elimi sıktı ve güzel bir gülümsemeyle, "Hoşça kal yoldaş!" dedi.

Gülmeye başladım ve yoldaş olarak çağrılmamın hoşuma gittiğini, bunu eğlenceli bulduğumu itiraf etmek zorunda kaldım.

"Hadi hadi! Orada ne çene çalıyorsun? Oturumun bittiğini görmüyor musun?" dedi müdür yardımcısı ellerini birbirine vurarak.

Bugün mutluyum. Yeni ve hoş birisiyle tanıştım ve sanırım bu burada kalmayacak. Biliyor musun Günlük, bir şeye ulaşmak istersem o şeye ulaşıncaya kadar çok inatçıyımdır. Telefonunu ele geçirmenin dışında istediğim şey, bildiğin gibi, onun düşüncelerinde kendime yer açmak. Ama bütün bunlardan önce ne yapmak gerekiyor biliyor musun...

10 Ekim 2001
17:15

Bugün hava nemli ve hüzünlü, gökyüzü gri renkte, güneş ise bulutların ardında donuk ve yusyuvarlak bir leke gibi duruyor. Sabah yavaş yavaş yağmur yağmaya başlamıştı. Şimdi ise çakan şimşeklerin elektrikleri kesmesine ramak kaldı. Havanın nasıl olduğu hiç umurumda değil, çünkü çok mutluyum.

Okul çıkışında, yağmura aldırmaksızın zorla kitap satmaya çalışan ya da bildiri dağıtmaya çalışan her zamanki akbabalar vardı. Yeşil yağmurluğu ve ağzında purosu ile Roberto'nun arkadaşı da vardı, yüzünde basmakalıp gülümsemesi ile kırmızı kâğıda basılmış bildiriler dağıtıyordu. Bana da bir tane vermek için yaklaştığında ne yapacağımı, nasıl davranacağımı bilmediğimden afallayarak baktım. Ürkek bir teşekkürle oradan yavaş adımlarla uzaklaşıyordum ki, her zaman böyle bir fırsatın kolay kolay elime geçemeyeceğini düşündüm. Telefon numaramı, bana verdiği kâğıdın arkasına yazıp geri döndüm ve kâğıdı ona iade ettim.

"Ne yapıyorsun? Başkalarının yaptığı gibi fırlatıp atmaktansa bana geri mi veriyorsun?" dedi gülerek.

"Yooo hayır, Roberto'ya vermeni istiyorum," dedim.

Şaşkın şaşkın, "Roberto'da bu kâğıtlardan yüzlerce var," dedi.

Dudaklarımı hafifçe ısırarak, "Roberto daha çok arkasında yazılı olanla ilgilenecektir," dedim.

Daha da şaşırarak, "Aa şimdi anladım," dedi. "Biraz sonra onu göreceğim ve emin ol unutmam, veririm".

"Çok teşekkür ederim," dedim. Yanağından usulca öpmek isterdim.

Birkaç adım atmıştım ki çağırıldığımı duyarak döndüm. Koşarak bana doğru geliyordu.

"Bu arada benim adım Pino. Tanıştığımıza memnun oldum. Sen Melissa'sın değil mi?" dedi nefes nefese.

"Evet adım Melissa... Görüyorum ki kâğıdın arkasını okumak için fazla beklememişsin".

"Eeee ne yapalım..." dedi gülerek, "Merak zeki insanlara özgüdür. Sen meraklı mısındır?"

Gözlerimi kapatarak, "Aaah! Hem de nasıl!" dedim.

"Gördün mü bak. O zaman sen de zeki bir kızsın".

Egomun açlığını gidermiş, keyiften doymuş bir halde selam verip ayrıldım. Okulun karşısındaki meydana, her zamanki toplanma yerimize doğru yürüdüm. Kötü hava nedeniyle meydan neredeyse boştu. Motosikletimi almadan önce biraz oyalandım, çünkü bu saatte yollarda, scooter kullanıyor olsan bile, yoğun trafik olur. Birkaç dakika sonra cep telefonum çaldı.

"Alo?"

"Eee... Selam, ben Roberto".

"Vaaay! Selam".

"Beni şaşırttın biliyor musun?"

"Gözüm karadır. Beni aramayabilirdin de. Yüzüme kapı çarpılması riskini göze aldım".

"Çok iyi yapmışsın. Okula bir uğradığımda telefon numaranı istemeyi ben de düşünüyordum. Çekindim biliyor musun... Kız arkadaşım sizin okulda okuyor da..."

"Yaaa, demek boşta değilsin".

"Evet ama... Pek de umurumda değil ".

"Ben de pek umursamam".

"Eee söyle bakalım, beni aramaya nasıl karar verdin?"

"Ya sen, sen beni niye aradın?"

"Önce ben sordum".

"Çünkü seni daha iyi tanımak istedim, çünkü seninle biraz zaman geçirelim istedim".

Sessizlik.

"Şimdi sıra sende".

"Aynen. Önceden söylediğim gibi gerçi, bir bağlantım var ama".

"Ben bu türden bağlantılara pek inanmam zaten. İnsanların birbirlerine güvenleri sarsıldığında aynı şekilde devam etmiyor".

"Yarın sabah buluşalım mı, ne dersin?

"Olmaz, okul var. Cuma sabahına ne dersin, o gün okulda direniş var. Nerede?"

"Saat 10:30'da üniversite yemekhanesinin önünde".

"Tamam, orada olacağım".

"Tamam o zaman, cumaya görüşmek üzere".

"Cumaya... Öptüm".

14 Ekim 2001
17:30

Her zamanki gibi yine kararlaştırılan buluşma saatinden çok önce gelmiştim. Hava dört gündür aynı, inanılmaz bir tekdüzelikte.

Yemekhaneden çevreye sarımsak kokuları yayılıyordu. Benim beklediğim yerden kadın aşçıların tencere tava gürültüleri ve bir çalışma arkadaşlarının arkasından söyledikleri duyuluyordu. Önümden bana göz kırparak birkaç erkek öğrenci geçti, ben görmemezlikten geldim. Kendi düşüncelerimden çok aşçı kadınların söyledikleriyle ilgileniyordum. Sakindim, kesinlikle sinirli değildim, kendimi dış dünyanın dalgalanmasına koyuvermiştim ve kendi kendimle ilgilenmiyordum.

Sarı arabasıyla geldi. Koskoca bir atkıyla, yalnızca gözlüklerini dışarıda bırakacak biçimde abartıyla sarıp sarmalanmıştı.

"Tanınmamak için... Ne yapalım, biliyorsun ya kız arkadaşım... Yan yollardan gideceğiz, yol biraz uzayacak ama hiç değilse risk almayız," dedi arabaya bindiğimde.

Arabanın penceresini kırmak istercesine sert yağan yağmurun çıkarttığı gürültüyü dinliyordum. Gitmekte olduğumuz yer, şehrin dışında, Etna eteklerindeki yazlık evleriydi.

Ağaçların kuru ve kahverengi dalları bulutlu gökyüzünü ufak yaralar açarcasına parçalara ayırmıştı. Kuş sürüleri, daha sıcak bölgelere ulaşma telaşıyla yoğun yağmurun altında güçlükle uçmaya çabalıyorlardı. Ben de daha sıcak bir yer için havalanıp uçmak isterdim. İçimde hiç telaş yoktu. Sanki evden yeni bir işe başlamak için çıkmış gibiydim. Herhangi bir heyecan bile duymadan... Yorucu, ancak yapmak zorunda olduğum bir işe gider gibiydim.

"Torpido gözünü açsana, CD olmalı".

Bir tomar CD aldım ve içlerinden Carlos Santana'nınkini seçtim.

Lisemden, üniversitesinden söz ettikten sonra sıra bize geldi.

"Beni yanlış anlamanı istemem," dedim.

"Dalga mı geçiyorsun? Kendi kendimi yanlış anlamak anlamına gelir bu. Sonuçta ikimiz de aynı şeyi aynı şekilde yapıyoruz. Aslında belki de benim için daha onursuz bir durum bu, bir kız arkadaşım olduğuna göre. Nasıl desem, o..."

"Vermek istemiyor," diye araya girdim gülümseyerek.

"Doğru anlamışsın!" dedi benimkine benzer bir gülümsemeyle.

Bozuk, dar bir sokaktan içeriye girdi ve biraz gittikten sonra büyük yeşil bir giriş kapısının önünde durdu. Arabadan indi, kapıyı açtı, yeniden arabaya binerken sırılsıklam olmuş kazağının üzerindeki Che Guevara baskısını gördüm.

"Hassiktir!" diye bağırdı. "Daha sonbahardayız ama şimdiden hava çok iğrenç!". Sonra bana dönerek sordu: "Heyecanlı gibi misin?".

Çenemi kaldırıp dudaklarımı sıktım, başımla destekleyerek, "Yo hayır, hiç de değil," dedim.

Evin kapısına kadar, başımı çantamla koruyup koşmaya başladım. Sağanak yağmurun altında koşarken bir yandan da aptallar gibi gülüyorduk. Evin içi kapkaranlık ve buz gibiydi. Zifiri karanlıkta güçlükle ilerleyebiliyordum. O, alışkanlıkla tüm köşeleri, dönemeçleri bildiğinden rahatça yürüyordu. Görece aydınlık sayılan bir yerde durdum. Hemen yakındaki divanın üzerine çantamı koydum.

Roberto arkamdan yaklaşarak beni kendisine doğru döndürdü ve dilini de bolca kullanarak öptü. Bu öpüş Daniele'inkine pek benzemiyordu ve doğrusunu söylemek gerekirse biraz midemi bulandırmıştı. Yanlış anlamasına yol açmayacak biçimde, nazikçe iteleyerek kendimden uzaklaştırdım ve avucumun içiyle dudaklarımı sildim. Dudaklarımı kuruladığım elimden tutarak aynı zifiri karanlıkta ve aynı dondurucu soğukluktaki yatak odasına doğru götürdü.

Boynumu öperken, "Biraz ışığı açamaz mısın?" diye sordum.

"Açmam, böylesi daha çok hoşuma gidiyor".

Beni iki kişilik geniş yatağa oturttu, önümde diz çöktü ve ayakkabılarımı çıkarttı. Heyecanlı değildim ama soğukkanlı da değildim. Bir an, sanki yaptıklarımızı, yalnızca o yapmaktan hoşlandığı için yapıyormuşuz gibi geldi bana.

Beni vitrinde duran bir mankeni soyuyormuş gibi soydu. Vitrindeki insan taslağını yeniden giydirmeyeceğinden emin, çabucak ve umursamazca soyan bir tezgahtâr gibiydi.

Çoraplarımı gördüğünde şaşırarak, "Vay be, jartiyerli çorap giyiyorsun ha?" dedi.

im: "Evet, oldukça".

"Çok iyi. O halde seni yarın değil öbür gün almaya ge-
rim".

"Olur," deyip telefonun ahizesini, bu imalı konuşmasının
nucunu merak ederek yerine koydum. Ona güveniyorum.

Aralık 2001
:30

n altıncı doğum günüm. Burada kalmak istiyorum, daha
eriye gitmeden... On altı yaşında insan hem kendi eylemle-
nin sorumluluğunu üstleniyor, hem de rastlantıların ve ön-
örülemeyenlerin kurbanı oluyor.

Giriş kapısından çıktığımda Roberto'nun sarı arabasında
alnız olmadığını gördüm. Karanlığa karışmış puronun ko-
u siluetini görünce durumu anladım.

"Hiç değilse doğum gününde evde kalabilirdin," demişti
nem, evden tam çıkmak üzereyken. Kulak asmamış, daire
ıpısını yavaşça kapatırken, sözlerini yanıtlamamıştım bile.

Kendini Beğenmiş Melek Surat gülerek bana bakıyordu
ben Pino'nun arkada oturduğunu fark etmemişim gibi
abaya bindim.

"Eee?" demişti Roberto başıyla arabanın arka koltuğunu
aret ederken, "Hiçbir şey söylemeyecek misin?"

Başımı çevirdim ve arkada yayılmış oturan Pino'yu gör-
im. Gözleri kıpkırmızıydı ve gözbebekleri genişlemişti.
ülümsedim ve "Ne o çektin mi?" diye sordum.

Başıyla evet diye yanıtladı ve Roberto, "Üstüne üslük
ca bir şişe de yaşam suyu içti," dedi[6]

"Evet, her zaman böyle giyerim," diye yanıtladım.

"Seni koca domuz seni!" diye haykırdı.[5]

Yersiz yorumu karşısında utandım utanmasına ama,
utanmaktan daha da çok, o eğitimli ve efendi çocuğun, böy-
lesine kaba saba ve aşağılık bir adama dönüşmesine şaşıp
kalmıştım. Gözleri alev alevdi ve oldukça iştahlı bakıyordu.
Elleri hoyratça gömleğimin ve külodumun içerisinde dolaşı-
yordu.

"İstersen çıkartayım," dedim isteklerini yerine getirmede
yardımcı olmak için.

"Bırak, bırak, seni daha da domuzlaştırıyor".

Yüzüm bir kez daha kızardı. Ancak bu arada, ocağımın
yavaş yavaş ateşlenmekte olduğunun ve nesnel gerçekliğin
benden yavaş yavaş uzaklaşmakta olduğunun farkına var-
dım. "Tutku" duruma egemen olmaya başlamış, üstünlük
kurmak üzereydi.

Yataktan aşağıya indim. Ayaklarımın altındaki tabanın
kayganlığının ve inanılmaz soğukluğunun farkına vardım.
Beni alıp götürmesini, ne istiyorsa onu yapmasını bekliyor-
dum.

"Em beni orospu!" diye fısıldadı.

Utancımı göz ardı ettim, fırlatıp attım ve bana söyleneni
yaptım. Erkeklik organının sertleştiğini ve büyüdüğünü his-
settim, koltuk altlarımdan tutup yatağa doğru kaldırdı.

Beni korunmasız bir bebek gibi üstüne çıkarttı ve aletini
henüz tam açılmamış ve yeterince ıslanmamış cinsel organı-
ma doğru yönlendirdi.

---

5. İtalyanca'da fiziki anlamda çok kirli ya da ahlâki anlamda kınanacak kadar pis işler yapan-
lar ve toplum tarafından mahkûm edilip dışlananlar için kullanılan bir deyim.

"Sana acı çektirmek istiyorum. Hadi, bağırmaya başla, canını yaktığımı hissettir bana".

Nitekim canım acıyordu, cinsel organımın içi duvarlarının yandığını hissediyordum ve açılma istem dışı olarak da olsa başlamıştı.

Zifiri karanlık oda başımın etrafında dönerken acıyla haykırıyordum. Utançtan eser kalmamıştı, onun yerini, benim olması için duyduğum şiddetli arzu almıştı.

"Haykırıyorsam..." diye düşündüm "kendisi böyle istediğine göre halinden hoşnut olmalı. Benden istediği her şeyi yapacağım".

Avaz avaza bağırıyordum, acı çekiyordum ve en ufak bir zevk bile almıyordum. Oysa o patlamıştı, ses tonu değişmişti ve edepsiz, kaba sözlerle konuşuyordu.

Bu sözler bana yönelikti. Öylesine yoğun bir şiddetle konuşuyordu ki ve söyledikleri öyle yaralayıcıydı ki, içime girerken duyduğum acının çok ötesinde canım yanıyordu.

Sonra her şey eski haline döndü. Komodinin üzerinden gözlüklerini aldı, bir mendil ile prezervatifi fırlatıp attı, sessiz sakin giyindi, başımı okşadı ve geri dönerken arabada, biraz önce hiçbir şey olmamış gibi Bin Ladin ve Bush'tan söz ettik.

25 Ekim 2001

Roberto sık sık telefon ediyor. Sesimi duyduğunda içinin canlandığını ve sevişme isteği uyandığını söylüyor. Son bölümünü alçak sesle, kimseye bir şey duyurmamaya çalışarak ve söylediğinden utanarak söylüyor. Benim için de aynı

duyguların geçerli olduğunu ve kendime dokunu[...] düşündüğümü söylüyorum. Doğru değil, Günlük. [...] gurur duyması için böyle söylüyorum. Nitekim h[...] de, kendini beğenerek, kendiyle dopdolu "Çok i[...] olduğumu biliyorum. Kadınlar benden çok hoşl[...] diyor.

Ukalâ, kendini beğenmiş, kendinden memnun[...] Dayanılmaz! Hayali gün boyu peşimi bırakmıyo[...] kulu âşıktan çok kibar, efendi çocuk haliyle hayal[...] Değişik anlarda değişik kişiliğe dönüşebilen, ke[...] bir dengede tutmayı bilen biri olduğunu düşünüyo[...] kişilikten diğerine dönüşümü beni neşelendiriy[...] tam tersim. Ben her zaman aynı, her zaman ben[...] bizzat kendim gibiyim. Tutkum herhangi bir ye[...] yor, şeytanlığımın olabildiği gibi.

1 Aralık 2001

İki gün sonra doğum günüm olduğunu söylediği[...] le haykırdı: "Güzel, sıra dışı bir biçimde kutlam[...] de!"

Güldüm ve "Roby, dün yeterince güzel bir k[...] tık. Memnun kalmadın mı yoksa?" dedim.

"Aaa olmaz... Doğum günün özel olacak de[...] no'yu tanıyorsun değil mi?"

"Tabii ki tanıyorum," diye yanıtladım.

"Beğeniyor musun?"

Yanıtın beni ondan uzaklaştırabileceğinden[...] bir an duraksadım ama, sonra doğruyu söyleme[...]

duyguların geçerli olduğunu ve kendime dokunurken onu düşündüğümü söylüyorum. Doğru değil, Günlük. Kendinle gurur duyması için böyle söylüyorum. Nitekim her seferinde, kendini beğenerek, kendiyle dopdolu "Çok iyi bir âşık olduğumu biliyorum. Kadınlar benden çok hoşlanıyorlar," diyor.

Ukalâ, kendini beğenmiş, kendinden memnun bir melek. Dayanılmaz! Hayali gün boyu peşimi bırakmıyor. Onu tutkulu âşıktan çok kibar, efendi çocuk haliyle hayal ediyorum. Değişik anlarda değişik kişiliğe dönüşebilen, kendini belirli bir dengede tutmayı bilen biri olduğunu düşünüyorum ve bir kişilikten diğerine dönüşümü beni neşelendiriyor. Benim tam tersim. Ben her zaman aynı, her zaman ben, her zaman bizzat kendim gibiyim. Tutkum herhangi bir yerde olabiliyor, şeytanlığımın olabildiği gibi.

1 Aralık 2001

İki gün sonra doğum günüm olduğunu söylediğimde sevinçle haykırdı: "Güzel, sıra dışı bir biçimde kutlamalıyız o halde!"

Güldüm ve "Roby, dün yeterince güzel bir kutlama yaptık. Memnun kalmadın mı yoksa?" dedim.

"Aaa olmaz... Doğum günün özel olacak dedim. Sen Pino'yu tanıyorsun değil mi?"

"Tabii ki tanıyorum," diye yanıtladım.

"Beğeniyor musun?"

Yanıtın beni ondan uzaklaştırabileceğinden kaygılanarak bir an duraksadım ama, sonra doğruyu söylemeye karar ver-

dim: "Evet, oldukça".

"Çok iyi. O halde seni yarın değil öbür gün almaya gelirim".

"Olur," deyip telefonun ahizesini, bu imalı konuşmasının sonucunu merak ederek yerine koydum. Ona güveniyorum.

3 Aralık 2001
4:30

On altıncı doğum günüm. Burada kalmak istiyorum, daha ileriye gitmeden... On altı yaşında insan hem kendi eylemlerinin sorumluluğunu üstleniyor, hem de rastlantıların ve öngörülemeyenlerin kurbanı oluyor.

Giriş kapısından çıktığımda Roberto'nun sarı arabasında yalnız olmadığını gördüm. Karanlığa karışmış puronun koyu siluetini görünce durumu anladım.

"Hiç değilse doğum gününde evde kalabilirdin," demişti annem, evden tam çıkmak üzereyken. Kulak asmamış, daire kapısını yavaşça kapatırken, sözlerini yanıtlamamıştım bile.

Kendini Beğenmiş Melek Surat gülerek bana bakıyordu ve ben Pino'nun arkada oturduğunu fark etmemişim gibi arabaya bindim.

"Eee?" demişti Roberto başıyla arabanın arka koltuğunu işaret ederken, "Hiçbir şey söylemeyecek misin?"

Başımı çevirdim ve arkada yayılmış oturan Pino'yu gördüm. Gözleri kıpkırmızıydı ve gözbebekleri genişlemişti. Gülümsedim ve "Ne o çektin mi?" diye sordum.

Başıyla evet diye yanıtladı ve Roberto, "Üstüne üslük koca bir şişe de yaşam suyu içti," dedi[6]

"Anlaşılıyor," dedim, "Kafayı bulmuş".

Şehrin ışıkları arabanın camlarına yansıyordu, dükkânlar bu saatte bile açıktı ve dükkân sahipleri sabırla Noel'i bekliyorlardı. Kaldırımlarda bir iki çift ve birkaç aile, geçmekte olan bu arabanın içerisinde, benim ve kim bilir beni nereye sürüklemekte olan iki erkeğin bulunduğun farkında olmaksızın dolaşıyorlardı.

Etnea Caddesi'ni geçtikten sonra beyaz ışıklarla aydınlatılmış Duomo'yu ve onu çevreleyen görkemli hurma ve palmiye ağaçlarını gördüm. Bu caddenin altından, lav taşlarıyla adeta örtülmüş bir nehir akar. Sessiz ve sakin akar ve fark edilemeyecek kadar ufaktır. Aynen, bilgece ördüğüm zırhımın altındaki sessiz ve uysal düşüncelerim gibi... Akıyorlar. Yüreğimi parça parça ediyorlar.

Sabahları buralarda balık pazarı kurulur. Balıkçıların ellerindeki deniz kokusu çarpar burnunuza. Balıkçıların tırnakları, balık temizlemekten simsiyahtır ve o siyah tırnaklı elleriyle kovalardan suları alır, hâlâ canlı ve oynaşan balıkların soğuk ve parlak pullu derilerinin üzerlerine serperler. İşte biz tam o tarafa doğru yönelmiştik, gece atmosferi oldukça farklı olsa da. Arabadan iner inmez deniz kokusunun, haşhaş ve esrarlı sigara dumanı kokusuna dönüşmüş olduğunu fark ettim. Piercing'li gençler, tenleri güneşten yanmış yaşlı balıkçıların yerini almışlardı. Yaşam her zamanki gibi ve bambaşka bir şekilde devam ediyordu.

Arabadan indiğimde yanımdan, çok kötü kokan yaşlı bir kadın geçti. Kırmızı bir elbise giymişti ve kucağında da yi-

---

6. Acquavite, ab-ı hayat, hayat suyu anlamına gelen ve damıtılarak elde edilen alkollü bir içkidir. (ç.n.)

ne kırmızı, cılız ve tek gözü kör bir kedi vardı. Ağıt yakıyordu:[7]

> Passiannu'pa via Etnea
> Chi sfarzu di luci
> Chi fudda'ca c'è
> Viru tanti picciotti'che jeans
> Si mettunu'nmostra
> Davant'e cafè
> Com'è bella Catania di sira
> Sutta i raggi splinnenti di luna
> A muntagna ca è russa di focu
> All'innamurati l'arduri ci runa

Hayalet gibi yürüyordu, yavaş yavaş. Gözleri yıldızlar gibi parlıyordu. Arabadan inmelerini beklerken meraklı gözlerle yaşlı kadını izliyordum. Paltosunun kolunu bana doğru savurduğunda garip bir ürperti duydum, kısa bir an için göz göze geldik. Öylesine yoğun bir andı ki ve öylesine derin ve etkileyiciydi ki korktum, hem de gerçekten, çılgınca korktum. Ters ters ama canlı bakıyordu. Hiç de aptal durmuyordu ve "İçeride ölümle karşılaşacaksın. Yüreğini yitirdikten sonra bir daha geri alamayacaksın yavrum. Ölürsün ve birileri gelip mezarının üstüne toprak atar. Tek bir çiçek bile koyulmaz," diyordu.

---

7. Nenia, eski dönemlerde cenaze alaylarında söylenen ve tekdüze biçimde yinelenen bir çeşit ağıttır. Metindeki nakarat, günümüz gerçeğine uyarlanmıştır. Sicilya lehçesi ile söylenmektedir.

Via Etnea'da dolanırlar/ışıklar aydınlatmaya çalıyorlar/aman bu ne ayaz/ Bir sürü ufaklık/ kotlarını giymişler/ gösteriş için kafelerin önündeler/ Gece Katanya ne hoştur/ ayın parlak ışıltısı altında/ Ateş kırmızısı dağlarda/ âşıkları bu alev birleştirir. (ç.n.)

Melissa P.

Tüylerim diken diken oldu, o cadı beni büyülemişti. Ama kulak asmadım, bana doğru gelmekte olan o iki yakışıklı ve tehlikeli delikanlıya gülümsedim.

Pino zar zor ayakta durabiliyordu. Yol boyunca ağzını hiç açmamıştı, Roberto ile ben de her zaman olduğu gibi pek konuşmamıştık.

Roberto pantolonun cebinden bir tomar anahtar çıkarttı ve içlerinden bir tanesini kilide soktu. Giriş kapısı gıcırdadı, açmak için biraz itti ve sonunda arkamızdan gürültüyle kapandı.

Ben hiç konuşmuyordum, soracak bir şeyim yoktu, ne yapmaya giriştiğimizi gayet iyi biliyordum. Yılların yıprattığı merdivenlerden çıkmaya başladık. Apartmanın duvarları öylesine harap duruyorlardı ki birden yıkılabileceklerini, bizim de altında kalıp ölebileceğimiz aklıma geldi ve ürktüm. Çatlaklar vardı, hem de bir sürü. Beyaz ışık veren lambalar, mavi badanalı duvarlarda sanki şeffafmışlar gibi bir etki bırakıyordu. İçeriden müzik sesinin geldiği kapının önünde durduk.

"İçeride birileri mi var?" diye sordum.

"Yoo hayır. Çıkmadan önce radyoyu açık bırakmışız," diye yanıtladı Roberto.

Pino doğruca tuvalete gitti, kapıyı açık bıraktı. İşediğini görüyordum. Organını elinde tutuyordu, yumuşak ve buruşuktu. Roberto öteki odaya müziğin sesini kısmaya gitti. Ben orada, koridorun ortasında kalmıştım. Çaktırmadan, meraklı gözlerle etrafı inceliyordum.

Kendini Beğenmiş Melek Surat gülerek geri geldi, dudaklarımdan öptü ve odalardan birini göstererek: "Arzu hücresinde bekle bizi. Az sonra yanına geleceğiz," dedi.

"Vay vay vay!" diyerek güldüm. "Arzu hücresi... Düzü-
şülen bir oda için ne garip bir tanımlama!".

Odaya girdim, oldukça küçüktü. Duvarda yüzlerce çıplak
manken fotoğrafı, porno dergilerden sayfalar, pornografik
içerikli Japon usulü karikatürler ve kamasutra pozisyonları-
nı gösteren bir poster yapıştırılmıştı. Tavana ise, elbette,
üzerinde Che baskısının olduğu kızıl bayrak asılmıştı.

"Nereye düştüm ben böyle?" diye düşündüm. "Adeta bir
seks müzesi... Kimin evi burası acaba?"

Roberto elinde siyah bir mendille geri geldi. Arkamı
döndürdü ve mendil ile gözlerimi kapattı, sonra yeniden
kendine doğru döndürdü ve gülerek, "Şans tanrıçasına ben-
zedin," dedi.

Elektrik düğmesinin kapanma sesini duydum, ondan son-
ra hiçbir şeyi göremez oldum.

Kulağıma ayak sesleri ve fısıldaşmalar geldi. Sonra iki el
pantalonumu indirdi, boğazlı kazağımı ve sutyenimi çıkartt-
tı. G- string'im, jartiyerli çoraplarım ve sivri topuklu çizme-
lerimle kalmıştım. Gözüm bağlı ve çıplak halimi gözümde
canlandırmaya çalıştım. Yüzümde yalnızca kırmızı ruj sü-
rülmüş dudaklarımı görüyordum, o dudaklar ki biraz sonra,
onlara ait bir şeylerin tadına bakacaklardı.

Birden eller çoğaldı, dört tane oldular. Ayırt etmek çok
kolaydı çünkü iki tanesi göğüslerimi mıncıklıyordu, iki ta-
nesi de alt tarafta külodumun arasından cinsel organıma sür-
tünüyor ve kalçamı okşuyordu. Pino'nun alkol kokan nefe-
sinin kokusunu alamıyordum, belki de banyoda dişlerini fır-
çalamıştı. Kendimi, onların elinde kaderime terk edilmiş du-

yumsarken, uyarılmaya başlıyordum ki, arkamdan buz gibi bir şeyin bana dokunduğunu hissettim. Bu bir bardaktı. Eller bana dokunmaya devam ediyordu ama, bardak da, daha da güçlü bir biçimde tenime bastırıyordu. Korku ile "Bu da ne böyle?" diye sordum.

Odanın dip tarafından gülme sesi geldi, sonra tanımadığım bir ses: "Güzelim! Barmenin geldi. Kaygılanma, yalnızca içecek bir şeyler getirdim sana," dedi.

Bardağı ağzıma yaklaştırdı ve yavaşça bana sunulan viskiyi yudumladım. Dudaklarımı yaladım ve bir başka ağız tutkuyla beni öptü. Eller beni okşamaya, barmen içkiyi içirmeye devam ediyordu. Dördüncü erkek de beni öpüyordu.

"Ne güzel kıçın var senin böyle..." diyordu tanımadığım ses. "Yumuşacık, pürüzsüz, diri. Bir ısırık alabilir miyim?"

Komiğime giden bu istek karşısında güldüm ve "Yap gitsin. Sorma. Ama tek bir şey bilmek istiyorum. Kaç kişisiniz?"

"Sakin ol aşkım," dedi arkamdaki ses. Arkamdan bir dilin omurga kemiklerimi yaladığını hissettim. Şimdi, kendimle ilgili gözümde canlanan görüntü, daha da baştan çıkarıcı olmaya başlamıştı. Gözleri kapalı, yarı çıplak.. Beni yalayan, okşayan, bedenimi tüketen beş adam. Ben onların ilgi odağıydım ve onlar arzu hücresinde yapılmasına izin verilen her şeyi bana yapıyorlardı. Tek bir konuşma yoktu, yalnızca iniltiler ve dokunuşlar vardı.

Bir parmağın yavaşça "Gizem"imden içeriye doğru kaydığını hissettiğim an, bütün bedenime ateş bastı ve o an, mantığın beni yavaş yavaş terk ettiğini anladım. Ellerinin tutsağı olmuştum ve hâlâ kim olduklarını ve nasıl birileri olduklarını merak etmeye devam ediyordum. Ya haz son derece çirkin ve ağzından salyalar akan bir adamın el becerisi ile gelişiyorsa? O an, bu çok da umurumda değildi. Ve şimdi çok utanıyorum Günlük, ama, bir şeyi yaptıktan sonra ardından üzülmek, ne yazık ki, bir işe yaramıyor.

"Güzel," dedi sonunda Roberto, "Şimdi sıra tamamlayıcı bölüme geldi".

"Ne?" diye sordum.

"Kaygılanma. Gözündeki mendili çıkartabilirsin. Şimdi sırada başka bir oyun var".

Mendili çıkarmakta kısa bir süre için duraksadım ama sonra yavaşça çıkarttım. Odada yalnızca Roberto ve ben vardık.

"Nereye gittiler?" diye sordum şaşkınlıkla.

"Diğer odada bizi bekliyorlar".

"Odanın adı ne?"

"Hımm... Tüttürme salonu. Çubuk tüttüreceğiz".

Var gücümle oradan uzaklaşmak ve onları orada, öylece bırakmak istiyordum. Verdiğimiz ara beni olaydan soğutmuştu ve gerçeklik olanca acımasızlığı ile ortaya çıkmıştı. Ama yapamazdım. Artık bu işe başlamıştım ve her şeye karşın bitirmeliydim. Bunu, onlar için yapmalıydım.

Bulunduğum odadan, yere konulmuş üç tane mumla yarı aydınlanmış karşı odada olan biten, aşağı yukarı, ana hatları ile görülebiliyordu. Gördüğüm kadarıyla, odada bulunan çocukların görüntüleri pek fena sayılmazdı ve bu az da olsa içimi ferahlattı.

Odada yuvarlak bir masa vardı ve çevresine sandalyeler dizilmişti. Kendini Beğenmiş Melek Surat, sandalyelerden birine oturmuştu.

"Sigara içiyor musun?" diye sordu Pino.

"Hayır, teşekkür ederim, ben hiç içmem".

"Aaa bak bu olmadı... Bu geceden sonra sen de içeceksin," dedi barmen. Uzun boylu ve biçimli bir vücudu vardı, esmer tenliydi ve uzun, dalgalı saçları omuzlarına kadar iniyordu.

"Üzgünüm ama seni hayal kırıklığına uğratacağım. Hayır dediğim zaman hayır demektir. Hiç içmedim, şimdi de içmeyeceğim ve gelecekte içip içmeyeceğimi de bilmiyorum. Denemeyi gereksiz buluyorum ve bu nedenle içme işini sizlere bırakıyorum".

"Güzel bir manzara seyretmemize de engel olmazsın umarım," dedi Roberto elini masanın üstüne vurarak, "Geç otur".

Bacaklarımı aralayarak masanın üstüne oturdum, çizmemin topuklarını masanın tahtasına dayadım ve cinsel organımı herkesin görebileceği biçimde açtım. Roberto sandalyesini yaklaştırdı, yanmakta olan mumu, aydınlatması için önüme doğru yaklaştırdı. Gözlerini bir sarmakta olduğu sigaranın kokulu otuna, bir "Gizem"ime doğru çevirerek sigara kâğıdını kıvırıyordu. Gözleri parlıyordu.

"Kendine dokun!" diye emretti. Parmaklarımdan birini, yavaşça, dudakların arasından içime doğru sokmaya başladım. Ot içme işleminden, cinsel organımın görüntüsüne yoğunlaşmak üzere vazgeçti.

Arkamdan birisi, omuzlarımı öpmek için yaklaştı, beni kollarının arasına aldı ve kendi bedenine doğru çekerek içime girmeye çalıştı. Kendimi koruyamıyordum. Soysuz, aşağılık ve donuk bakışlar. Boş boş bakıyor. Görmek bile istemedim.

"Yoo, yoo... Önceden konuşmuştuk... Bu gece kimse içine girmeyecek," dedi Pino.

Barmen öteki odaya gitti ve daha önce gözümü bağladıkları siyah mendili getirdi. Bir kez daha gözlerimi bağladılar ve bir el beni dizlerimin üzerine çökmeye zorladı.

"Melissa şimdi sana aletlerimizi vereceğiz," diyen Roberto'nun sesini duydum. "İçimizden birisi aletini eline aldığında, parmaklarımızı şıkırdatacağız ve başına dokunacağız, böylece sen gelmiş olduğunu anlayacaksın. Söylediğimiz yere doğru yaklaşacaksın, ağzına alacaksın ve gelinceye kadar ağzında tutacaksın. Beş kez Melissa, beş kez. Bundan böyle hiç konuşmayacağız. Sana kolay gelsin!".

Ve böylece damağım, beş ayrı adamın beş ayrı lezzetini, beş ayrı tadı aldı. Her tadın hikâyesi başkaydı ve her pozisyon, benim için başka bir utanç oldu. O dakikalarda hazzın yalnızca insan etinde başlayıp insan etinde sınırlı kalmadığı, aynı zamanda bir güzellik, neşe ve özgürlük de olabileceği duygusuna ve yanılsamasına düştüm. Onların arasında çırılçıplak dururken bilinmeyen, bambaşka bir evrene ait olduğumu hissettim. Ama çok sonra, o kapıdan çıktıktan sonra, yüreğimin paramparça olduğunu hissettim ve tarif edilemez bir utanç duydum.

Sonra kendimi yatağa attım ve bedenimin tümüyle uyuştuğunu hissettim. Küçük odadaki yazı masasının üzerinden cep telefonumun ekran ışığının yandığını görüyordum ve evden aradıklarını biliyordum, saat sabahın iki buçuğu olmuştu. Bu arada birileri odaya girmiş, üzerime uzanmış ve beni becermişti. Sonra bir başkası onu izledi ve aletini ağzıma doğru uzattı. Biri bitirdiğinde diğeri üzerime beyazımsı sıvısını boşaltıyordu. Sırayla. İç çekmeler, iniltiler ve hırıltılar. Ve gizli gözyaşları.

Eve üstüm başım sperm lekeleriyle, akmış makyajımla döndüm ve annem divanın üzerinde uyuyakalmış, beni bekliyordu.

"Buradayım," dedim. "Döndüm".

Geç geldiğim için bana bağıramayacak kadar uykuluydu, başını tamam anlamında salladı ve yatak odasına doğru yürüdü.

Banyoya girdim, aynada yüzüme baktım ve birkaç yıl önce kendini hayran hayran seyreden o kızı bulamadım. Yanaklara doğru akmış siyah göz kaleminin daha da acınılası kıldığı mutsuz gözleri gördüm. Bu gece defalarca şiddet uygulanan ve tazeliğini yitirmiş bir ağız gördüm. Kendimi yabancı yaratıklar tarafından saldırıya uğramış ve kirletilmiş hissediyordum.

Sonra yüz kere saçlarımı fırçaladım, annemin anlattığı masallardaki prensesler gibi. Gecenin bir saati, sana yazdığım şu anda bile vajinam buram buram cinsellik kokuyor.

4 Aralık 2001
12:45

"Dün gece eğlendin mi?" diye sordu annem, çaydanlığın çıkarttığı ıslığı esneme sesiyle bastırırken.

Omuzlarımı silktim ve "Her zamanki gibi bir geceydi işte," diye yanıtladım.

"Giysilerin bir garip kokuyorlardı," dedi herkesin, özellikle de benim hakkımda her şeyi bilmek isteyen o her zamanki meraklı gözleriyle.

Sperm kokusunu aldığından korkarak hızla arkama döndüm ve dudaklarımı ısırdım.

"Nasıl yani?" dedim, kayıtsızca mutfak penceresinden gözüken güneşe bakarak ve sakin görünmeye çalışarak.

"Duman gibi... Ne bileyim... Esrar gibi..." dedi yüzünü buruşturarak.

Cesaretimi toplayarak yüzüne baktım, tatlı tatlı gülümseyerek yanıtladım: "Bilirsin... Dün geceki gibi mekânlarda tüttüren bir sürü insan vardır. Söndürmelerini söyleyemezdim ya!"

Yan yan bakarak, "Marifetmiş gibi hem eve tüttürmüş geliyorsun, hem de okula gitmiyorsun," dedi.

"Hmm güzel," dedim şakacıktan, "Benim de tam böyle bir güven tazelenmesine ihtiyacım vardı. Teşekkür ederim, artık o Allahın belası derslere girmemek için mükemmel bir mazeretim var".

Sanki yapabileceğim tek kötü şey esrar içmekmiş gibi... İçimdeki bu garip boşluk, bu hiçlik duygusunu uzaklaştıracağını bilsem gram gram içerdim. Sanki yukarılarda bir yerlere asılıp kalmışım da, uzaktan dün yaptıklarımı kuş bakışı izliyormuşum gibi geliyor. Hayır hayır, dünkü ben, ben değildim. Ben, o gözü dönmüş ve tanımadığı ellerin kendisine dokunmalarından hoşlanmayanım, beş farklı erkeğin spermlerini kabul etmeyenim, acının henüz ulaşamadığı ruhunun kirletilmediği kişiyim.

Seven, âşık olan kişiyim; bu gece yarısı, saçlarını özenle

yüz kere fırçalayarak eskisi gibi ışıl ışıl parlatan benim. O çocuksu yumuşaklığı ve masumiyeti yeniden bulan dudaklarında... Dün kendisine sunulmayan aşkı kendisi ile paylaşan, öpülen dudaklar benim.

20 Aralık 2001

Armağanlar, yapmacık gülücükler, caddelerin kenarlarında kucaklarındaki bebekleri ile dilenen çingenelerin avuçlarına bir anlık vicdan rahatlığı için para savurma zamanı. Ben başkalarına hediye almayı sevmiyorum, her zaman yalnızca kendim için hediye alıyorum. Bugün öğleden sonra, chat yaparken tanıştığım Ernesto ile çıktık. Daha ilk günden cana yakın gelmişti. Birbirimize telefon numaralarımızı verdik ve arkadaşça görüşmeye başladık. Gizemli arkadaşlıkları ve üniversitede okuması nedeniyle bana biraz mesafeli duruyor.

Beraberce alışverişe çıkıyoruz ve onun yanında iç çamaşırı satan dükkânlara girmekten utanmıyorum, hatta kimi zaman o da alışveriş yapıyor.

"Yeni sevgilim için aldım," diyor her seferinde. Ama bugüne kadar bir tanesiyle bile tanıştırmadı beni.

Tezgâhtarlarla pek sıkı fıkı, ona "sen" diye hitap ediyorlar ve beraberce kıkırdıyorlar. Ben ise askıda duran çamaşırların altını üstüne getiriyorum. Beni bir gün sevebilecek birisi için giyebileceğim iç çamaşırlarını arıyorum. O zaman gelinceye kadar, çekmecemin üst gözünde güzelce katlanmış olarak saklıyorum.

İkinci gözde, Roberto ve arkadaşları ile çıktığım zamanlarda giydiğim iç çamaşırlarımı bulunduruyorum. Burunları yıpranmış jartiyerli çoraplar, ateşli ellerin çekiştirip durmasından lime lime olmuş dantel külotlar. Ben domuz olduğum sürece onlar bu türden incelikleri umursamıyorlar.

Başlangıçta beyaz dantel külotlar alıyordum ve çamaşırlarımın uyumuna dikkat ediyordum.

"Siyah sende daha iyi durur," demişti bir keresinde Ernesto, "Yüzünün ve teninin rengi ile daha uyumlu olur".

Önerisine kulak verdim ve o günden beri hep siyah dantel iç çamaşırları satın alıyorum.

Ernesto'nun, Brezilyalı bir dansçının giyeceği türden canlı renkli tangaları incelediğini fark ettim. Çingene pembeleri, yeşiller, cam göbeği maviler ve ciddi bir izlenim vermek istediğinde de kırmızıyı seçiyor.

"Senin kız arkadaşlarının garip tipler oldukları bir gerçek!" diyorum.

Kıkırdayarak, "Senin kadar olamazlar," diyor ve egom bir kez daha kabarıyor.

Sutyenler genellikle içi desteklenmiş ve kalıplı oluyor, hiçbir zaman külotlarla uyumuna dikkat etmiyor, birbirlerine aykırı renkleri bir araya getirmeye özen gösteriyor.

Sonra o çoraplar! Benimkiler genellikle siyah jartiyerli çoraplar oluyor. Lastikli üst tarafları, kış ayları güneş görmemiş beyaz tenim ile çatışan siyah dantelden oluyor. Onun satın aldıkları file oluyor ve benim beğenilerimle uyuşmuyorlar.

Ernesto bir kızdan hoşlandığında, büyük mağazaların çılgın kalabalığına dalıyor ve rengârenk pullarla işlenmiş şıkır şıkır parıldayan, göğüsleri baş döndürücü derecede açık, cüretkâr yırtmaçlı elbiseler satın alıyor.

"Bu kızın saat ücreti ne kadar?" diye şakalaşıyorum.

Hemen ciddileşiyor ve kasaya ödemesini yapmaya gidi-yor. O zaman kendimi suçlu hissediyorum ve aptalca dav-ranmaktan vazgeçiyorum.

Bugün, ışıl ışıl aydınlatılmış dükkânlar ve genç, sivri dil-li tezgâhtar kızların arasında dolaşırken aniden bastıran yağ-mur, ellerimizde hiç eksik olmayan alışveriş paketlerinin kâ-ğıtlarını ıslattı.

"Saçaklardan birinin altına kaçalım!" dedi yüksek sesle Ernesto, elimden tutmuş çekiştirirken.

"Ernesto!" dedim yolun ortasında, acımasızla eğlenerek, "Etnea Caddesi'nde hiç ev yok ki kapı saçağı olsun".

Bana afallayarak baktı, omuzlarını silkti ve "O zaman benim eve gidelim," dedi. Ev arkadaşlarından birisinin, Ma-urizio'nun, Roberto'nun arkadaşı olduğunu öğrendiğim için gitmek istemiyordum. Ne onunla karşılaşmak istiyordum, ne de Ernesto'nun benim gizli etkinliklerimi öğrenmesini.

Bulunduğumuz nokta evine birkaç yüz metre uzaklıkta olduğundan, aceleci adımlarla ve el ele tutuşarak o tarafa doğru yöneldik. Sonradan beni yatağa atmayacak ve benim de kendimi koyverip gitmeyeceğimi bildiğim birisiyle koş-mak ne güzeldi. Hayatta bir kez, hiç değilse bir kez, ne za-man, nerede yapılacağına, ne kadar süreceğine ve ne kadar tutkulu olacağına ben karar vermek isterdim.

"Evde kimse var mı?" diye fısıldadım merdivenleri çı-karken, sesim yankılandı.

"Yo, hayır," diye yanıt verdi nefes nefese. "Noel tatili nedeniyle herkes evine döndü. Yalnızca Gianmaria var ama bu saatte o da dışarıda". Verdiği yanıttan hoşnut kaldım. Onu izlerken bir taraftan da çaktırmadan duvardaki aynada kendime bakıyordum.

Evinde az eşya vardı ve sanki yarı yarıya boş gibiydi. Evde dört erkeğin yaşadığı anlaşılıyordu. Kötü bir koku vardı. Spermin baskın kokusu ve dağınıklık odalara egemen olmuştu.

Alışveriş paketlerini yere fırlattık ve sırılsıklam olmuş paltolarımızı üzerimizden çıkarttık.

"Benim kazaklarımdan birini ister misin, seninkiler kuruyuncaya kadar hiç değilse?"

"Olur, teşekkür ederim," diye yanıtladım.

Çalışma odası ve aynı zamanda yatak odası olan odaya girdiğimizde, dolabını hissedilir bir çekinceyle araladı ve tümüyle açmadan önce bana, gidip biraz önce yerde bıraktığımız alışveriş paketlerini almamı söyledi .

Geri döndüğümde alelacele dolabın kapağını kapattı. Sırılsıklam ve şakalaşarak, "Ne saklıyorsun orada, öldürdüğün kadınlarını mı?" diye sordum.

Güldü ve "Aşağı yukarı," dedi.

Söyleme biçimi dikkatimi çekti ve başka soru sormamam için paketleri elimden koparırcasına çekip aldı. "Hadi göster bakalım küçüğüm, neler aldın?"

İki eliyle ıslak paketleri açtı ve kafasını, Noel armağanı alan çocuk gibi paketlerin içine gömdü. Gözleri parladı ve parmağının ucuyla siyah bir külotu çekip çıkarttı.

"Ooo... Bununla ne yapıyorsun bakalım? Kimin için giyiyorsun bunları? Okula giderken giymek için almadın sanırım..."

"Sırlarımız var bizim," dedim alaylı, bir şeylerden kuşkulanacağından emin olarak.

Afallamış bir şekilde bana bakıyordu, başını hafiften sağa doğru eğdi ve yavaşça, "Öyle mi? Eee o zaman söyle bakalım ne gibi bir sırrın var?"

Hep kendime saklamaktan yoruldum, Günlük. Söyleyiverdim. Yüzündeki ifade değişmedi, az önceki dalgın bakışlarıyla bakıyordu.

"Hiçbir şey söylemeyecek misin?" diye sordum, canım sıkılmıştı.

"Senin tercihin küçüğüm. Sana yalnızca yavaşlamanı söyleyebilirim".

"Artık çok geç," dedim yapay bir boyun eğiş tonuyla.

Sıkıntılı havayı dağıtmak için yüksek sesle güldüm ve neşeli bir ses tonuyla: "Eee tatlım? Sıra sende!"

Beyaz yüzü kızarmaya başladı, gözleri kuşku ve kaygıyla odanın içinde geziniyordu.

Çiçek desenli, rengi atmış çekyattan kalktı, koca koca adımlarla dolaba doğru gitti. Sert bir hareketle kanatlardan birini açtı, parmağıyla askılarda asılı duran iç çamaşırlarını gösterdi ve "Bunların hepsi benim!" dedi.

O giysileri görmüştüm, beraberce almıştık, etiketsiz olarak orada asılı duruyorlardı, gözle görülür biçimde kullanılmışlar ve düzenli bir şekilde katlanmışlardı.

"Ne söylemeye çalışıyorsun Ernesto?" dedim usulca.

Hareketleri yavaşlamıştı, kasları gevşemişti ve gözlerini yere indirmişti.

"Bu elbiseleri kendime alıyorum. Giyiyorum ve ... Çalışmaya gidiyorum".

Ben de aynen onun gibi, herhangi bir yorumda bulunamamıştım, gerçekte hiçbir şey düşünmüyordum. Kısa bir süre sonra, kafamda sorular oluştu: Çalışıyorum mu? Nasıl çalışıyorsun? Nerede çalışıyorsun? Niçin çalışıyorsun?

Benim bir şey sormamı beklemeden konuşmaya başladı. "Kadın gibi giyinmekten hoşlanıyorum. Birkaç yıl önce başladım. Odama kapanıyorum, kamerayı masanın üzerine yerleştirip kendime odaklıyorum ve kadın giysilerini giymeye başlıyorum. Hoşuma gidiyor, kendimi iyi hissediyorum. Sonra kamerada kendimi izliyorum ve... Ne yapayım, uyarılıyorum. Zaman zaman isteyenlere de gösteriyorum". Kendiliğinden gelişen güçlü bir kızarma boynundan başlayıp yüzüne doğru yükseliyordu. Adeta onu boğuyordu.

Sessizlik egemen olmuştu. Yalnızca, gökten metal teller gibi inen ve ikimizi adeta kafesin içine hapseden yağmurun sesi duyuluyordu.

"Kendini satıyor musun?" diye sordum sözlerimi yumuşatmadan, dosdoğru.

Başını sallayarak onayladı, yüzünü elleriyle alelacele örtmüştü.

"Meli, inan ki yalnızca ağızla hizmet veriyorum, başka hiçbir şey yapmıyorum. Zaman zaman istemiyor değiller... Ama biliyorsun işte... Bir sürü sağlık sorunu; yırtıklar, parçalanmalar... Yemin ederim ki, hiç yapmıyorum... Okul harcamalarımı karşılamak için. Biliyorsun benim ailem üstesinden gelemiyor..." Devam etmek, başka başka gerekçeler uydurmak istiyordu. Ama ne önemi var ki, bunları yapmaktan hoşlandığını biliyorum.

"Seni kınamıyorum ki Ernesto," dedim biraz sonra, bir

yandan da pencerede sinir sinir parıldayan yağmur damlalarına bakıyordum.

"Gördüğün gibi herkes kendi yolunu çiziyor, kendi hayatını yaşıyor. Az önce sen kendin söyledin. Bazen seçilen yanlış yollar doğru olabiliyor, bazen de tersi oluyor. Önemli olan kendi seçimimizi, kendi düşlerimizi izlemek, çünkü ancak o zaman kendimiz için iyi olanı seçtiğimizi söyleyebiliriz. Şimdi, gerçekten neden yaptığını öğrenmek istiyorum!". İkiyüzlülük yapıyordum. Biliyordum.

O zaman yumuşacık, duygulu, soran gözlerle baktı ve "Ya sen? Sen neden yapıyorsun?" dedi.

Yanıtlamadım, ancak sessiz kalışım her şeyi açıklamaya yetiyordu. Vicdanım sızım sızım sızlıyordu. Susturabilmek için birdenbire, "Niçin benim için giyinmiyorsun?" dedim.

"Şimdi durup dururken benden bunu niye istiyorsun?"

Nedenini ben de bilmiyordum.

Biraz tedirgin, usulca, "Belki de iki farklı kişiliği tek bedende görmek güzel olabilir. Bir kadın ve bir erkek aynı tende. Bir başka sır: Düşünmek beni uyarıyor, hem de oldukça fazla. Sonra özür dilerim ama ikimizin de hoşuna giden bir şey ve kimse bizi yapmaya zorlamıyor ki. Bir haz hiçbir zaman yanlış olamaz, öyle değil mi?" dedim.

Beceriksizce gizlemeye çalışsa da pantolonunun altında şeyinin hareketlendiğini görüyordum.

"Peki tamam," dedi kuru kuru. Dolaptan bir elbise, bir de kazak alıp bana fırlattı.

"Kusura bakma, kalkabileceğini unutmuşum. Al giy şunları".

"İyi de soyunmam gerek," dedim.

"Utanıyor musun?"

"Yok artık daha neler!"

Çıplaklığım karşısında uyarılması gittikçe artarken ben de soyunmamı tamamlamıştım. Üzerinde, "Bye Bye Baby" yazan ve Marilyn'in, olağanüstü ve hayranlıkla kendinden geçtiği bir ayini izler gibi, arkadaşımın giyinmesini, göz kırparak izlediği, koca pembe kazağı giymiştim. Arkasını dönerek giyiniyordu. Yalnızca devinimlerini ve külodunun kıçını karelere bölen iplerini görüyordum. Bana doğru döndü. Kısacık siyah etek, jartiyerli file çoraplar, çok yüksek topuklu çizmeler, destekli kalıplı bir sutyen, altın renkli kolsuz ve göğsü çok açık bir bluz. Her zaman Levi's ve Lacoste ile gördüğüm arkadaşım, şimdi karşıma böyle çıkıyordu. Benimki dışarıdan fark edilmese de ben de uyarılmıştım.

Giydiği dapdar ip külot yüzünden her şey, öylece ortadaydı. Eline aldı ve okşamaya başladı.

Bir tiyatro oyunundaymışçasına çekyata uzandım ve dikkatlice ona baktım. Kendime dokunmak ve karşımdaki bedene egemen olmak istiyordum. Mastürbasyonundan gözlerimi ayıramıyordum. Bu anda soğukluğuma şaştım ve bunu erkeksi buldum. Onun yüzü altüst olmuş, küçük ter tanecikleriyle inci gibi parıldarken ben, hiçbir okşama veya girip çıkma olmadan; beynimde, kendi kendime gelmiştim.

Onunkiyse güçlü ve gözle görülür biçimde gelmişti. Dışarıya fışkırdığını gördüm, gözlerini açtığında aniden biten inlemelerini duydum.

Çekyata, yanıma uzandı, birbirimize sarıldık ve Ernesto'nun bluzunun üzerindeki altın rengindeki boncuklara göz kırpan Marilyn ile birlikte uykuya daldık.

Melissa P.

3 Ocak 2002
2:30

Yeniden müze evde, aynı kişilerle birlikte... Bu kez benim toprak, onların sürüngen kurtçuklar olup beni kazmaları oyununu oynuyorduk. Beş kurtçuk bedenim üzerinde delikler açtılar ve toprak, eve dönüşte çökmüş ve ufalanmıştı. Dolabımda anneannemin sararmış kombinezonu asılıydı. Onu üstüme geçirdim, yumuşatıcının ve artık var olmayan, üstelik anlamsız şimdiki zamanla harmanlanmış geçmiş zaman kokusunu içime çektim. Saçlarımı açtım ve o koruyucu geçmişin kapladığı omuzlarıma bıraktım. Onları çözdüm, kokladım ve yüzümde, biraz sonra gözyaşlarına dönüşecek bir gülümsemeyle yatağıma girdim. Usulca.

9 Ocak 2002

Ernesto'nun evindeki sırların sayısı çok fazla değildi. Ernesto'ya, onun evinde yaşadıklarımın, bende iki erkeği, bir diğerinin içinde görme arzusunu uyandırdığını itiraf ettim. Evet, iki erkeğin birbirlerini becermelerini görmek istiyorum. Beni, şimdiye kadar düzdükleri şiddette ve çirkinlikte, iki erkeğin düzüşmelerini görmek istiyorum.

Kendimi frenleyemiyorum, nehir sularına kapılmış hızla akıp giden bir dal parçası gibi hissediyorum. İçimde, çok derinlerdeki benin, beni çevreleyen dünyaya çarpa çarpa ortaya çıkmasına izin veriyorum. Başkalarına hayır, kendime evet demeyi öğreniyorum. Öğreniyorum.

"Melissa, sen tam bir kâşifsin. Nasıl desem... Bir hayal

gücü ve düşlem madenisin," dedi, yeni uyananlara özgü sesiyle.

"Yemin ederim Ernesto, bedeli neyse öderim," dedim sarılmaya devam ederken.

"O zaman?" diye sordum kısa bir sessizlikten sonra.

"O zaman ne?"

"Yaaa işte, nasıl desem... Hani sen aynı sahadasın ya... Kendini seyrettirecek kimseyi tanımıyor musun?"

"Hadi oradan! Neler karıştırıyorsun? Uslu uslu kendi işlerinle ilgilenemez misin sen?"

"Uslu sözcüğünün bana pek yakışmaması bir yana," dedim, "Kendi işlerin derken neyi kastediyorsun?"

"On altı yaşındakilerin işlerini kastediyorum, Meli. Sen bir genç kız, o bir delikanlı. Aşk, yeterince düzenli cinsel yaşam".

"Bence asıl sapkınlık bu söylediklerin!" dedim öfkeyle. "Düz bir hayat eninde sonunda... Cumartesi akşamları Büyük Tiyatro Meydanı'nda, pazar sabahları deniz kıyısında kahvaltı, hafta sonlarında görkemli tekdüze sevişmeler, ebeveynlerle içli dışlı ilişkiler falan filan...Yoo, teşekkür ederim. Ben yalnız kalmayı tercih ederim!".

Yine sessizlik.

"Kaldı ki ben böyleyim işte ve hiç kimse için değişmek istemiyorum. Hem şu konuşana bir bak!" dedim yüksek tonda, şakalaşarak.

O da güldü ve başımı okşadı.

"Küçüğüm, ben seni seviyorum ve başına kötü bir şey gelmesini istemiyorum".

"Asıl istediğimi yapmazsan başıma kötü şeyler gelebilir.

Bu arada, ben de seni seviyorum".

Hukuk fakültesinin son sınıfında okuyan iki çocuktan söz etti. Yarın tanışacağım onlarla. Yarın, okuldan sonra, Villa Bellini'de, havuzunda kuğuların yüzdüğü çeşmenin olduğu yerden alacaklar beni. Anneme telefon edip, tüm öğleden sonra tiyatro kursuna kalacağımı söyleyeceğim.

10 Ocak 2002
15.45

"Siz kadınlar zaten kuş beyinlisiniz! İki erkeğin düzüşmesini seyretmek hangi akla hizmet..." dedi arabayı kullanmakta olan Germano. İri, siyah gözleri vardı; yapılıydı ve hatları usta bir heykeltıraşın elinden çıkmış gibi biçimliydi. Alnına çok güzel siyah perçemler dökülüyordu. Teni beyaz olmasa güçlü ve kendinden emin bir Afrikalı gibiydi. Arabanın direksiyonunda ormanlar fatihi gibi oturuyordu, yüce ve görkemli... Uzun ve ince parmakları direksiyondaydı. Afrika kabilelerinin simgelerini taşıyan gümüş yüzük, ellerinin beyazlığı ve yumuşaklığıyla garip bir çelişki yaratıyordu.

Arkada oturan ipince dudaklı çocuk, kibar ve ince sesiyle benim yerime konuşuyordu: "Üstüne varma, görmüyor musun daha çok genç o. O kadar küçücük ki... Baksana ne güzel yüzü var, ne tatlı. Küçüğüm, seyretmek istediğinden emin misin?".

Kafamı sallayarak istediğimi söyledim.

Anladığım kadarıyla, bu görüşme önerisini, kendilerini Ernesto'ya karşı, nedenini anlayamadığım bir borcu ödemek zorunda hissettikleri için kabul etmişlerdi. Bu nedenle Germano çok gergindi ve elinde olsa, beni, gitmekte olduğumuz tenha yolun kenarında bırakıverecekti. Bununla beraber gözlerinde anlamadığım bir heyecan pırıltısı vardı, ara ara gelip gittiğini hissettiğim incecik bir duyguydu bu. Yol boyu sessizlik egemen oldu. Kırlara doğru Gianmaria'nın evine gidiyorduk, rahatsız edilmeyeceğimiz tek yer orasıydı. Zeytin ve çam ağaçlarıyla çevrili eski bir taş evdi. Uzaktan, bu mevsim artık cansız olan üzüm bağları görülüyordu. Rüzgâr öyle sert esiyordu ki, Gianmaria demir bahçe kapısını açmak için indiğinde kurumuş yapraklar arabanın içine doldu, birkaç tanesi geldi saçıma yapıştı. Soğuk ısırıyordu. Havada, uzun zamandır su altında kaldığından çürümeye yüz tutmuş yaprakların ve ıslak toprağın kokusu vardı. Çantama sarılmıştım ve yüksek topuklu çizmelerimin üstünde dik yürümeye çalışıyordum. Çizmelerimin derileri soğuktan daha da büzüşmüşlerdi ve dar geliyordu. Burnum donmuştu ve yanaklarım uyuşmuştu. Çocukların yazın, oyun olsun diye tahta üzerine isimlerini kazımaları gibi, üzerine isimlerin kazınmış olduğu ana kapıya geldik. Kazınmış isimler, zamanın kimlerle nasıl geçtiğini anlatır gibiydi. Germano ile Gianmaria'nın da isimleri kazılmıştı. Günlük, şimdi kaçmalıyım... Annem kapıyı sonuna kadar açtı ve düşüp kalça kemiğini kıran teyzemi ziyaret için hastaneye gitmemiz gerektiğini söyledi.

11 Ocak 2002

Bu gece bir rüya gördüm.
Uçaktan iniyorum. Milano'nun gökyüzünde acılı ve düşman

bir yüz silueti görüyorum. Dondurucu ve kemiklere işleyen soğuk, kuaförden yeni çıkmış uçuşan saçlarımı dağıtıyor, daha da ağırlaştırıyor. Gri renkteki ışık yüzümü solgun gösteriyor. Gözlerim, ince ve fosforlu daireler içine hapsedilmiş, boş boş bakarak görüntümü daha da garipleştiriyor.

Ellerim, bir ölününki gibi beyaz ve soğuk. Havaalanı binalarının içine giriyorum ve camlardan birindeki yansımama bakıyorum; renksiz ve zayıf yüzümü, dolaşmış ve ürkütücü saçlarımı, sımsıkı kapalı dudaklarımı görüyorum.

Sonra kendimi başka bir yerde, evdeki aynadaki görüntümle görüyorum. Havaalanında değilim artık, her zamanki marka giysilerimin içinde, çok az ışığın ulaştığı, karanlık ve pis kokulu bir hücredeyim; öyle ki hangi koşullarda bulunduğumu, üzerimde ne olduğumu göremez durumdayım. Yalnızım, ağlıyorum. Gece olmalı. Koridorun sonundaki parlak ışığı fark ediyorum. Hiç ses yok. Işık bana doğru yaklaşıyor. Gittikçe yaklaşıyor, yaklaşıyor ve beni korkutuyor. Ürküyorum çünkü hiç adım sesi duymuyorum. Ama yaklaşan adam sakince yürüyor. Uzun boylu ve güçlü.

İki elini parmaklıklara dayıyor. Ben ise, gözyaşlarımı silerek ayağa kalkıyorum ve ona doğru yürüyorum. Meşalenin ışığı adamın yüzünü aydınlatıyor, şeytansı bir ifade veriyor. Bedeninin geri kalan yerleri görülmüyor. İri, aç ve ne renk olduğu anlaşılmayan gözlerini görüyorum. Geniş ve yarı aralık dudaklarının arasında tek sıra dizilmiş dişleri gözüküyor. Dudaklarına götürdüğü parmağı ile konuşmamam gerektiğini anlatıyor. Yakından yüzünü incelemeye başlıyorum; çekici, gizemli ve çok yakışıklı olduğunu görüyorum. Düzgün parmaklarını dudaklarımda dolaştırmaya başladığında içimde feci bir ürperti duyuyorum. Öyle tatlı tatlı yapıyor ki dudaklarım nemlenmeye başlıyor ve ister istemez parmaklıklara doğru yaklaşıyorum, yüzümü onun yüzüne dayıyorum. O zaman gözleri parlamaya başlıyor. Dinginliği öylesine güzel öylesine zamandan öte ki... Parmakları ağzımın derinliklerinde geziniyor, tükürüğüm kayganlaştırarak yol almasını kolaylaştırıyor.

Sonra parmaklarını ağzımdan çıkartıyor ve diğer elinin de yardımıyla üst tarafımdaki yıpranmış giysilerimi, yuvarlak göğüslerimi ortada bırakacak biçimde parçalıyor. Meme uçlarım sert ve küçük hücre penceresinden esen soğuk nedeniyle dik. Islak parmaklarıyla dokununca daha da uç veriyorlar. Dudaklarını göğüslerime değdiriyor ve önce kokusunu içine çekip sonra da öpmeye başlıyor. Zevkten başım arkaya düşüyor, ama bedenim devinimsiz; yalnızca onun isteklerine uyuyor. Duraksıyor, bana bakıyor ve gülümsüyor. Bir eliyle giysisinin orasını burasını yokluyor, yaklaştığımda din adamlarına özgü giyinmiş olduğunu fark ettiğim giysisinin...

Önce bir anahtar şıkırtısı, ardından demir kapının yavaşça kapanma sesi duyuluyor. Artık içeride. Benimle. Üstümde kalan giysilerimi yırtıp parçalamaya devam ediyor ve önce göbek çevremdekileri, daha sonra daha da aşağılara en sıcak bölgeme doğru... Usulca beni yere yatırıyor. Başını ve dilini bacaklarımın arasına gömüyor. Artık üşümüyorum ve onun sayesinde kendimi hissetmek ve algılamak istiyorum. Onu kendime doğru çekiyorum ve üzerine sinmiş kokularımı duyuyorum. Cüppesinin altında el yordamıyla organına, o çok güzel ve uyarılmış organına dokunuyorum, soluk soluğa elimle çekiştiriyorum. Aleti cüppesinin altından dışarı çıkmak istiyor ve ben de siyah örtüsünü kaldırarak yardımcı oluyorum.

İçime giriyor ve sıvılarımız buluşuyor, tereyağında kayan bıçak gibi olağanüstü güzellikte kayıyor ama beni yaralamıyor. Geri çekilip çıkıyor içimden ve bir köşeye gidip oturuyor. Bir süreliğine öylece durmasını bekliyorum, sonra ona doğru yaklaşıyorum. Köpüklü sahillerime bir kez daha vuruyor. Birkaç sert, kuru ve ani vurgun beni sonsuz doyuma götürüyor. Tek bir varlığa dönüştük. Toparlanmaya başlıyor ve beni başlangıçtakinden daha şiddetli ağlarken bırakıp gidiyor.

Sonra gözlerimi açıyorum ve kendimi yeniden Milano Havaalanının camında yüzümü incelerken buluyorum.

Rüya içinde rüya. Dün olup bitenlerin yankılandığı bir rüya. Gözleri Germano'nunkilerinin tıpkısıydı. Odada yanan şöminenin ateşi gözlerini aydınlatıyor ve parıldatıyordu. Gianmaria iki büyük kütük ve dal parçaları ile içeriye girdi. Şömineyi yakmaya ve ortamı daha hoş ve rahat kılmaya çalışıyordu. İçimi daha önce hiç tanımadığım rahatlatıcı bir sıcaklık kaplamıştı. İzlemekte olduğun hiçbir şey bende utanç ve ürküntü verici duygular uyandırmıyordu. Tam tersine... Sanki gözlerim bazı görüntülere alışmıştı, sanki şimdiye kadar bedenimde hissettiğim, tenime baskı yapan bu tutku uçup gitmiş ve kendi isteklerinin dışında ellerime düşmüş bu iki genç adamın yüzlerine vurmuştu. Birinin diğerinin içine girdiğini görüyordum. Ben şöminenin yanındaki koltukta, onlar karşımdaki divanın üzerinde, birbirlerine âşık iki ruhun bakışması ve dokunuşlarıyla. Her bir inilti birinin diğerine söylediği "seni seviyorum" sözüydü, kasıklarımın derinliklerinde hissettiğim her yakıp yıkan, acı veren vurgun, onlar için safça bir okşamaydı. Ben de bu alışılagelmedik içtenliğin, sevgi dolu yumuşacık sığınaklarının bir parçası olmak istiyordum. Ancak hiçbir şey söylemeden, daha önceden anlaştığımız gibi, yalnızca izledim. Bedenim çırılçıplak ve arınmıştı, düşüncelerim de. Sonra Germano bana mutlu bir ifadeyle baktı. Birleşmeden ayrıldı ve şaşkın bakışlarımın altında önümde diz çöktü ve usul usul baldırlarımı araladı. O evrene dalıp gitmek için benden bir işaret bekledi. O evrene kısa bir süreliğine daldı sonra kendine döndü ve o ilk zamanki acımasız ve amansız Afrikalı kabile reisi kimliğine büründü. Yerine oturdu ve saçlarımdan çekerek önüne doğru yönlendirdi. İşte o an gözlerini fark ettim. İşte tam o anda, onun tutkusunun benimkinden farklı olmadığını algıladım. İkisi el ele vermişlerdi, buluşmuşlar ve birbirlerinin içinde erimişlerdi.

Sonra o ikisi divanda birbirlerine sarılarak uyuyakaldılar, ben şöminenin kor ateşinden kızışmış tenim ile onları izlemeye devam ediyordum, tek başıma.

24 Ocak 2002

Kış tüm duygularımla birlikte beni hantallaştırıyor. Günler öylesine birbirinin aynısı, öylesine tekdüze ki dayanmak gittikçe güçleşiyor. Erkenden uyanıyorum. Okul, öğretmenlerle tartışmalar, eve dönüş, inanılamayacak kadar geç saatlere kadar süren ödevler, televizyondaki birkaç saçmalığı izlemek, gözlerin dayanabildiği kadar kitap okumak, sonra da uyumak. Günler böyle birbirini izliyor, Kendini Beğenmiş Melek Surat ile şeytanlarının ani telefonları dışında; o zaman çalışkan öğrenci giysilerimi çıkartıp, erkekleri çılgına çeviren kadın giysilerimi giyiyorum, hem de en alâsından. İçinde bulunduğum grilikten beni kurtardıkları ve bambaşka biri kıldıkları için minettarım.

Evde olduğum zamanlarda internete bağlanıyorum. Arıyorum, keşfe çıkıyorum. Beni irkilten ve kötü hissetmeme yol açabilecek şeyleri arıyorum. Aşağılanmadan beslenen irkintiyi arıyorum. Hiçleşmeyi arıyorum. Bana sadomazoist fotoğraflar gönderen, bana gerçek bir orospuymuşum gibi davranan tuhaf kişileri arıyorum. Boşalmak isteyenleri. Öfke, sperm, korkular, kaygılar, iç sıkıntıları. Ben onlardan çok da farklı değilim. Gözlerim kötü elektrikleri çekiyor, kalbim çılgınlık için çarpıyor. Belki de, internetin kablolarının kıvrımlarında, dolambaçlı yollarında, beni sevmeyi bekleyen birilerini arıyorum ya da bulmayı umuyorum. Bu nasıl biri olacaksa: Kadın, erkek, genç, yaşlı, delikanlı, evli, bekâr, eşcinsel, cinsiyet değiştirmiş... Her kimse.

Dün gece lezbiyenlerin chat odasına girdim. Bir kadınla bir deneyim yaşamak. Düşüncesi çok da itici gelmiyor. Daha çok tedirgin ediyor ve ürkütüyor. İçlerinden bazıları benimle bağlantı kurdu ama daha en başından kurulan bağı kopardım, fotoğraflarını bile görmek istemeden.

Bu sabah bir kızdan mesaj geldi. Yirmi yaşında bir kız. İsminin Letizia olduğunu ve benim gibi, Katanyalı olduğunu söylüyor. Çok bir şey yazmamış, yalnızca adı, yaşı ve telefon numarası.

1 Şubat 2002
19:30

Okulda, tiyatro oyununda rol almamı istediler.
En sonunda günlerimi eğlenceli bir şeyler yaparak geçireceğim. Oyun bir ay sonra, şehir merkezindeki tiyatroda sahnelenecek.

5 Şubat 2002
22:00

Onu telefonla aradım, biraz tiz bir sesi var. Neşeli ve rahat; hüzünlü ve acıklı olan benimkinin tam tersi. Biraz konuştuktan sonra çözüldüm ve güldüm. O ve yaşamı hakkında öğrenmek istediğim hiçbir şey yoktu. Yalnızca dış görünüşünü merak ediyordum. Nitekim, "Özür dilerim ama Letizia, bana gönderebileceğin bir fotoğrafın var mı?" diye sordum.

Yüksek sesle güldü ve, "Elbette! Bilgisayarını aç, bir saniyede gönderiyorum, böylece sen de beni nasıl bulduğunu söyleyebilirsin," dedi.

"Tamam!" dedim memnuniyetle.

Güzel, inanılmaz derecede güzel. Ve çırılçıplak. Göz kırpan, duygulu, baştan çıkartıcı.

"Gerçekten bu sen misin?"diye kekeledim.

"Elbette benim. İnanmıyor musun?".

"Tabii, tabii inanıyorum... Çok çok güzelsin," dedim, fotoğraf (gözlerim faltaşı gibi açılmıştı) ve bende yarattığı hisler yüzünden şaşkın bir halde. Kadınlardan hoşlanmıyordum, uzun sözün kısası... Yolda yürürken güzel bir kadınla karşılaşsam dönüp bakmıyorum, kadınsı biçemlere bayılmıyorum, bir kadınla ilişkiye girmeyi ciddi olarak hiç düşünmedim. Bununla beraber Letizia'nın melek gibi bir yüzü ve etli kalın dudakları var. Göbeğinin hemen altında yanaşılabilecek ve üzerine çıkılabilecek hoş bir adacık görülüyor; görkemli, bereketli ve kenarları hafifçe budanmış; kokulu ve istek uyandıran. Ve göğüsler, sanki en uç noktalarında iki büyük çemberin olduğu iki tatlı tepecik gibiydi.

"Senin gönderebileceğin bir fotoğrafın yok mu?" diye sordu.

"Var," dedim. "Bekle bir saniye".

Bilgisayarıma kayıtlı olan fotoğraflardan rasgele seçtiğim bir tanesini gönderdim.

"Meleğe benziyorsun," dedi Letizia, "Nefissin!".

"Doğru, aynen bir meleğe benziyorum... Gerçekte hiç de değilim," dedim alaycı alaycı.

"Melissa, ben seninle yüz yüze görüşmek istiyorum".

"Umarım, bir gün," dedim.

Görüşmeyi bitirdik, daha sonra cep telefonuma, "Ateşli öpücüklerle boynunda dolanmak, bir elimle de seni keşfetmek isterim" diye mesaj gönderdi.

Külodumu çıkarttım, yatak örtüsünün altına sokuldum ve Letizia'nın gönderdiği mesajın gereğini, tatlı tatlı kıvranıncaya kadar yerine getirdim, o bunu bilmese de...

7 Şubat 2002

Bugün Ernesto'nun evinde Gianmaria ile karşılaştık. Çok mutluydu ve bana sıkı sıkı sarıldı. Benim sayemde Germano ile arasındaki ilişkinin çok farklılaştığını söyledi. Nasıl ve nelerin farklılaştığını söylemedi, ben de sormadım. Bununla birlikte, o gün Germano'da, onu öyle davranmaya iten şeyin ne olduğunu bilmiyorum. Hâlâ meçhul. Nedenin ben olduğumu biliyorum ama neydi? Neden? Ben yalnızca kendim gibi davrandım, kendim gibi oldum, Günlük.

8 Şubat
13:18

Arayış, arayış... Hâlâ yeni arayışlar. Ne istediğimi bulamadığım sürece arayışlarım devam edecek. Ne istediğimi gerçekten bilmiyorum. Ara, ara, aramayı sürdür Melissa, sürekli ara.

İnternette "Sapık ilişki" adlı chat odasına, "orospu" adıyla girdim. Aranılan özellik seçeneğine girip, ilgimi çekecek verileri sıraladım. Hemen biri düştü, "şehvet" takma adıyla biri. Lafı dolandırmadı, açık seçik konuşuyordu ve rahatsız edecek kadar meraklıydı, benim de istediğim tam tamına buydu.

Konuşmaya başlar başlamaz, "Nasıl düzüşmekten zevk alırsın?" diye yazdı.

"Hoyratça, bana nesneymişim gibi davranılmasını isterim," diye yanıtladım.

"Sana nesneymişsin gibi davranmamı ister misin?".

"Ben bir şey istemiyorum.Yapman gerekeni yap".

"Sen benim orospumsun, bunu biliyor muydun?".

"Bana birisinin olmak zor gelir, kendime bile ait değilken".

Aletini nereme ve nasıl sokacağını, ne kadar süre için orada kalacağını ve benim bundan nasıl keyifleneceğimi anlatmaya başladı.

Gönderdiği ve gittikçe hızlanarak gelen sözcüklerin ekranda hızla akışını izliyordum. Midem burulmaya başlamıştı, içeride sıkıştırılan vida ve o feci uyarıcı bir arzu, bana, boyun eğip geri çekilmekten başka bir yol bırakmıyordu. O sözler deniz kızlarının mırıldandıkları melodiler gibi geldi bana. Bilinçli olarak, ama canımı da acıtırcasına, kendimi sergiledim.

Avucuma düştüğünü belirttikten sonra ancak kaç yaşında olduğumu sordu.

"On altı," diye yazdım.

Bütün bir sayfa boyunca hayret içinde ağzı açık kalmış gülücükler, smiley'ler gönderdi, en sonuncusu gülen smiley idi. Sonra: "Canın çıksın! Tebrikler!"

"Ne için?".

"Daha şimdiden bu kadar deneyimlisin...".

"Evet".

"İnanmıyorum".

"Ne dememi bekliyorsun ki... Gerçi ne önemi var ki, nasıl olsa hiçbir zaman görüşmeyeceğiz. Katanyalı değilsin ki".

"Nasıl değilim? Evet, Ben Katanya'da yaşıyorum".

Hassiktir!.. Şansa bak, düşe düşe Katanyalıya düşmüşüm.

"Eee? Şimdi benden ne istiyorsun?" diye sordum, yanıtını adım gibi biliyorken.

"Seni tokmaklamak".

"Biraz önce tokmakladın ya".

"Yoo," yazdı. Bir başka gülen smiley ve "Gerçekten".

Birkaç saniye düşündüm, ekrana cep numaramı yazdım, birkaç saniye gönderip göndermeme konusunda kararsız kaldım. Ekranda "Teşekkür ederim" yazısını görünce, yaptığım işin boktanlığının farkına varmıştım aslında.

Hakkında hiçbir şey bilmiyorum; adının Fabrizio, yaşının otuz beş olduğundan başka hiçbir şey!

Randevu yarım saat sonra Corso Italia Caddesi'nde.

21:00

Artık şeytanın, kimi zaman kılık değiştirerek insanların karşısına çıktığını ve gerçek kimliğini ancak istediğini ele geçirdikten sonra gösterdiğini kesin olarak biliyorum. Önce, yemyeşil ve pırıl pırıl gözleriyle gözlerinin içine bakıyor, sonra gönlünü okşayıcı gülümsemesi ile yüzüne gülüyor, boynunu hafifçe öpüyor ve en sonunda seni yutup yok ediyor.

Önüme çıkan adam şıktı, yakışıklı sayılmazdı; uzun boylu, irice, seyrek ve kır saçlıydı (gerçekten otuz beş yaşında mıydı, onu da Allah bilir), gözleri yeşil, dişleri griydi.

İlk görüşte etkilendim, ancak ardından chat'teki adam olduğu aklıma geldi, irkildim. Işıl ışıl aydınlatılmış şık dükkânların vitrinlerinin önündeki pırıl pırıl temizlenmiş kaldırımda yürüdük. Bana kendinden, işinden, bebeklerinin doğumundan sonra evlenmek zorunda kaldığı ama hiçbir zaman sevmediği karısından söz ettik. Güzel bir ses, ancak beni biraz rahatsız eden aptal bir gülmesi var.

Yürürken kol atarak beni kendisine doğru iyice çekti. Ben içinde bulunduğum durumdan, beni rahatsız eden saygısızca tutumundan ve daha sonra olabileceklerin verdiği huzursuzluktan sinirliydim ve zorunluluktan gülümsüyordum. Pekâlâ bırakıp gidebilirdim, scooter'ıma binip eve dönebilirdim. Elmalı turta yapan annemin hamur yoğurmasını seyredebilir, kardeşimin yüksek sesle kitap okumasını dinleyebilir, kediyle oynayabilirdim... Normal olmayı deneyebilir ve normallik içinde gayet iyi yaşayabilirdim. Okulda iyi bir not aldığım için, sırf bunun için gözlerim parlayabilirdi. Gönül okşayıcı bir söz söylendiğinde utangaçça gülümseyebilirdim. Ama hiçbir şey beni şaşırtmıyor, her şeyin içi eşelenmiş, kazınmış ve boşaltılmış. Her şey gereksiz, tatsız ve tutarsız.

Arabasına kadar yürüdük, sonra arabaya binip dosdoğru bir garaja girdik. Garajın tavanı nemliydi ve içindeki kutu ve aletler zaten küçük olan mekânı iyice küçültüp boğmuştu.

Fabrizio hafifçe üzerime atıldı, neyse ki ağırlığını fazla hissetmedim. Yavaş yavaş içimde gidip gelirken beni öpmek istedi ama ben başımı çevirdim. Daniele'den beri beni kimse öpmüyor. Sıcak nefesli iç çekişlerimi aynaya yansıyan kendi görüntüm için saklıyorum. Dudaklarımın yumuşaklığı, Kendini Beğenmiş Melek Surat ile şeytanlarının organları ile yeterince sık karşılaşmış olmasına karşın, eminim onlar tarafından bile tadılmadı. İşte bu nedenlerle başımı, onun dudakları ile karşılaşmamak için çevirdim, ama ona iğrendiğimi hissettirmedim. Sanki sadece pozisyonumu değiştirmek istiyormuş gibi yaptım. O, az önce beni şaşırtan yumuşaklığını, domuz gibi homurdanarak, avaz avaz ismimi tekrarlayarak, kalçalarımı sıkarak kaba ve ilkel hayvan haline dönüştürdü.

"Buradayım!" diyordum ve içinde bulunduğumuz durum bana gülünç ve tuhaf geliyordu. İsmimi neden tekrarladığını anlamıyordum ama çağrısını yanıtlamamanın daha da garip olacağını düşündüğümden "buradayım" diye yanıtlıyordum, o da sakinleşiyordu.

"Boşalmama izin ver, lütfen, bırak boşalayım," diyordu hazdan alt üst olmuş biçimde.

"Yo, hayır, olmaz!".

Adımı daha da yüksek sesle tekrarlayarak aniden dışarı çıktı. Bu, sesin gittikçe hafifleyen yankısı değil, iç çekişlerin sonuncusu gibiydi. Sonra, halinden hoşnutsuz bir şekilde yeniden üstüme geldi, aşağıya doğru eğildi; yine içimdeydi, bu kez dili telaşlı telaşlı dokunuyordu bana, hem de kabaca. Ben doyuma ulaşamamıştım ama onunki yeniden geliyordu, gereksiz bir çabayla uğraşıyordu ve maalesef ilgimi çekmiyordu.

"Kalın ve sulu dudakların var, tam ısırmalık. Niye tüylerini almıyorsun? Daha güzel olursun".

Herhangi bir yanıt vermedim, orası benim bileceğim işti.

Dışarıdan gelen araba sesinden korkup hızla giyinmeye başladık (zaten zamanı gelmişti) ve garajdan dışarıya çıktık. Yüzümü okşadı ve "Bir sonraki sefere daha rahat koşullarda olacağız küçüğüm," dedi.

Camları buğulanmış arabadan aşağıya indim. Caddede yürüyen herkes, kır saçlı, kravatı gevşemiş bir adamın kullandığı arabadan saçı başı dağılmış olarak çıktığımı görmüştü.

11 Şubat

Okulda işler iyi gitmiyor. Eğer ben tembel ve bir işi sonuna kadar götüremeyen biriysem, öğretmenler de gereğinden fazla kuralcı ve kesin hükümlüler. Belki genel anlamda okul ve eğitim sistemi hakkında idealist düşüncelerim var sayılır ama somut gerçeklik beni düş kırıklığına uğratıyor. Matematikten nefret ediyorum! Söze, duyguya dayanmaması, bir düşünce ürünü olmaması canımı sıkıyor. Ya o beni aptal yerine koymakta ısrarlı olan öğretmen! "Küçük Pazar" dergisinde özel ders vermek isteyen öğretmenlerin ilanlarına baktım ve ilginç birkaç tane buldum. Yalnızca bir tanesi uygundu. Sesinden genç olduğu anlaşılan bir erkek. Yarın buluşup koşullarda anlaşmaya çalışacağız.

Letizia sabahtan akşama kadar başımın etini yiyor. Bana neler olduğunu anlamıyorum. Zaman zaman her şeyi yapmaya hazırmışım gibi geliyor.

22:40

Fabrizio aradı, uzun uzun konuştuk. Sonunda o işi yapmak için uygun bir yerimin olup olmadığını sordu. Olmadığını söyledim.

"O zaman sana güzel bir armağan vermenin zamanı gelmiş," dedi.

12 Şubat

Kapıyı beyaz gömleği, siyah boxer'ı, ıslak saçları ve ince

telli gözlükleri ile açtı. Dudaklarımı ısırdım ve selam verdim. Bir gülümsemeyle karşılık verip, "Gir lütfen Melissa, rahatına bak," dediğinde, o an, daha çok küçükken, gün boyu sütü, portakalı, çikolatayı, kahveyi ve çileği bol miktarda tükettiğimde, damağımda kalan tada benzer bir tat duyumsadım. Başka odalardan birine, yüksek sesle, benimle kendi odasına gitmekte olduğunu söyledi. Odasının kapısını açtı ve hayatımda ilk kez normal bir erkeğin yatak odasıyla karşılaştım. Bir tane bile pornografik fotoğraf yoktu, herhangi gerizekâlı bir kupa veya ödül yoktu ve dağınık değildi. Duvarlarda eski fotoğraflar, bir zamanların heavy metal gruplarının fotoğrafları ve empresyonist ressamların tıpkıbasımları asılıydı. İlginç ve çekici bir parfüm başımı döndürdü.

Duruma pek uygun olmayan giyimi için özür dilemedi ve bunu yapmamış olması benim çok hoşuma gitti. Yatağın üzerine oturmamı söyledi, kendisi çalışma masasının sandalyesini alıp bana doğru yaklaştırırken. Allah kahretsin! Tutulup kalmıştım. Kanarya sarısı V yakalı kazağı ve kazağı ile uyumlu, aynı renkte saçları olan, tatsız tuzsuz genç bir matematik öğretmeni bulmayı umarken, karşıma güneş yanığı tenli, mis gibi parfüm kokan ve inanılmaz çekici bir genç adam çıkmıştı. Daha paltomu bile çıkartamamıştım üzerimden. Bir kahkaha attı ve "Paltonu çıkarırsan seni yemem, söz!" dedi.

Yemeyecek olmasından üzüntü duyarak ben de güldüm. O ana kadar ayakkabıları dikkatimi çekmemişti. Neyse ki beyaz spor çorap giymemişti. Narin ayak bilekleri vardı. Güneş yanığı, bakımlı; ders saatleri, program ve ücret hakkında konuşurken, konuştuklarımıza dikkatini yoğunlaştırdığı gösterir hareketlerde devinen ayakları vardı.

"Çok çok baştan almalıyız," dedim.

"Kaygılanma," dedi göz kırparak " Çarpım tablosunda ikilerden başlayacağım".

Yatağın kenarına oturmuş, bacak bacak üstüne atmış, bir elimle diğer elimi sıkıyordum.

"Ne güzel oturuyorsun," diye araya girdi, ben okuldaki matematik öğretmenimden söz ederken.

Yeniden dudaklarımı ısırdım ve sanki söylenenlerden utanmış gibi içimi çekerek, "Ne diyorsunuz öyle," dedim.

Konuyu değiştirerek, "Ah! Söylemeyi unuttum, benim ismin Valerio ve bana asla öğretmenim deme, kendimi yaşlı hissederim," dedi, parmağını azarlıyormuş gibi sallayarak.

Duraksadım biraz, bana indirdiği bunca darbeden sonra ben de, en azından bir tane indirmeliydim.

Sesimi düzelttim ve yavaşça, "Ya ben sana kendi isteğimle öğretmenim demek istersem?" dedim.

Dudaklarını ısırma sırası ona gelmişti, başını oynattı ve "Niye öyle demek isteyesin ki?" dedi.

Omuzlarımı kaldırdım, biraz öyle tuttum ve "Böyle daha iyi değil mi öğretmenim?" dedim.

"Nasıl istersen öyle söyle, yeter ki bu bakışınla, böyle bakma," dedi, huzursuzluğu gözle görülüyordu.

İşte başlıyorum, her zamanki hikâye. Elimde değil, karşımda hoşuma giden birisi olduğunda onu kışkırtmadan duramıyorum. Söylediğim ve söylemediğim her şeyle vuruyorum onları ve bu da kendimi iyi hissetmeme yol açıyor. Bu bir oyun.

18 Şubat
20:35

Bizimkiler mutfakta akşam yemeğine başlamışlar bile. Bir iki satır yazmak için aralarından ayrıldım, çünkü başıma geleni anlatmak istiyorum.

Bugün Valerio'dan ilk dersimi aldım. O anlattığında bir şeyler anlamaya başlıyorum çünkü seyredilecek güzel omuzları ve bir şeyler yazdığında izlenecek kibar ve ince elleri var. Zar zor da olsa birkaç alıştırmayı çözebildim. Çok ciddi ve profesyonelce davranıyor ki bu onu daha da çekici kılıyor. Beni ele geçirdi. Bakışlarından beni beğendiği belli. Şeytanlığımın yaptığı işe engel olmaması için benimle arasına belirli bir mesafe koyuyor.

Onu arsızca baştan çıkartmak istiyordum ve bu amacıma uygun dar bir etek giymiştim. Bunun doğal sonucu olarak, ders bittiğinde kapıya gitmek için kalktığımda, arkamdan adeta üzerime çıkarcasına yürümeye başladı. Onunla oynamak için adımlarımı bir hızlandırıp bir yavaşlatıyordum. Böylece bana yaklaştığında ondan uzaklaşabiliyordum.

Asansörün çağırma düğmesine basarken nefesini boynumda hissettim. Fısıltıyla, "Yarın akşam telefonunu on ile on çeyrek arasında meşgul etme," dedi.

19 Şubat 2002
22.30

İki haberim var (her zamanki gibi biri iyi, biri kötü).

Fabrizio, şehir merkezine, ailelerimiz tarafından yakalanmadan görüşebilmemiz için, küçük bir apartman dairesi satın almış.

Sevinçle, "Yatağın karşısına koca bir ekran koydurdum, beraber miki filmleri izleriz diye düşündüm. Ne dersin küçüğüm? Elbette senin de anahtarın olacak. Güzel yüzünden öperim. Hoşça kal!" diye haykırdı. Kuşkusuz bu kötü haber.

Ona cevap vermemi, kararsızlığımı ve kaygılarımı dile getirmemi beklemedi. Görünen o ki kendini kaptırıp düşüncesizce işler yapmış. Bir kez yatmak, sonra bye bye, teşekkür ederim deyip gitme niyetindeydim; evli ve hamile kızı olan bir adamın metresi olmak istemiyordum. Ne onu, ne dairesini ne porno film izlenecek dev ekranını istiyorum, ne de her zaman satın aldığı teknoloji harikalarından biriymişçesine benim itaatkârlığımı alabilmesini. Daniele ve Kendini Beğenmiş Melek Surat ile yeterince acı çektim. Şimdi, kendimce yaşamaya başladığım bir sırada, şişman ve kravatlı, küçük çocukları yiyen bir dev çıkıp gelecek ve beni cinsel yükümlülük altına sokmak isteyecek. Allah'ın sopası yok ya! Ceza kesmek için başımızın üzerinde hep sallanıyor ve hiç beklemediğin bir anda, beyninin ortasına indiriyor. Bir gün, bir ucundan da ben tutuyor olacağımdan, o sopa onun da başına inecek.

Şimdi sıra iyi haberde.

Telefon söylenen zamanda geldi ve konuşma söylenen sürede bitti.

Odamda, yerde, çıplak oturuyordum ve tenimde mermerle kaplı zeminin soğukluğunu hissediyordum. Elimde telefon, telefonda bana duygulu ve akıcı gelen arzulu sesli... Bana bir fantezisini anlattı. Ben sınıfta verdiği dersi dinliyorum. Sonra tuvalete gitmek için izin istiyorum ve ayağa kalktığım sırada eline "peşimden gel" yazan bir pusula tutuşturuyorum. Onu tuvalette bekliyorum, o geliyor, gömleğimi yırtıyor ve yalama olmuş musluktan akan suyla parmaklarını ıslatıyor. Elini göğsüme dayıyor ve sular parmaklarından aşağıya doğru süzülüyor. Sonra pilili eteğimi kaldırıyor ve içime giriyor. Bu sırada ben, duvara yaslanmış olarak içimde bir yerlerde ondan elde ettiğim doyumun tadını çıkarıyorum. Damlacıklar, tenimde çizgili izler bırakarak bedenimde aşağıya doğru kaymaya devam ediyorlar. Ayrılıyor ve sınıfa geri dönüyoruz. İlk sırada oturan ben, tahtada tebeşirin kayışını izliyorum, aynen onun benim içimde kaydığı gibi.

Telefonda birbirimize dokunduk. Gömüm hiç olmadığı kadar kabarmıştı ve "Gizem" unutuş ırmağı Lethe'nin dümen suyuna kapılmış gidiyordu. Parmaklarım kendimle sırılsıklamdı. Onun da benimle aynı durumda olduğunu biliyordum. Ateşini, kokusunu duyuyordum ve tadını merak ediyordum. Saat 22:15'te "İyi geceler Loly," diye mesaj attı.

İyi geceler öğretmenim.

20 Şubat 2002

Öyle günler oluyor ki, acaba nefes almaktan tümüyle vaz mı geçsem, yoksa kalan zamanımda apneye[8] mi girsem diye düşünmekten kendimi alamıyorum. Örtülerin altından nefes alıp gözyaşlarımın tadına baktığım zamanlarda örneğin. Alt

---

8. Solunumun belirli bir süre için durması halini tanımlayan tıp terimi.

Melissa P.

üst olmuş bir yataktan darmadağınık saçlar ve yıpranmış bir ciltle kalkıyorum. Aynanın önünde çıplak bedenimi seyrediyorum. Gözümden bir damla yaşın yanağıma doğru aktığını görüyorum, parmağımla kuruluyorum ve tırnağımla şakağımı kaşıyorum. Ellerimle saçlarımı düzeltip geriye doğru çekiştiriyorum, kendi kendime gülmek ve kendime sevimli gelmek için yüzümü gözümü oynatıyorum. Ama sonuç başarısız. Ağlamak ve kendimi cezalandırmak istiyorum. Çekmecemin ilk rafına yöneliyorum. Önce içindekileri seyrediyorum. Sonra birini, giymek üzere özenle alıyorum. Yavaşça yatağımın üzerine koyuyorum. Aynayı, bulunduğum noktadan kendimi görebilecek şekilde ayarlıyorum. Bedenimi bir kez daha inceliyorum. Kaslarım hâlâ gergin, tenim bir çocuğunki gibi yumuşak ve pürüzsüz, beyaz ve duru. Ben zaten daha bir çocuğum. Yatağın kenarına oturuyorum, jartiyerli çoraplarımı, parmak ucumdan başlayıp baldırlarıma kadar, dantel ucu baldırlarımı bastırıncaya kadar, yumuşacık tülü tenimde kaydırarak çekiyorum. Sıra, kurdeleli, bağcıklı ve siyah ipekten yapılmış gepyere geliyor.[9] Bedenimi çepeçevre sarmalıyor, zaten çok ince olan belimi daha da inceltiyor ve erkeklerin hayvanca dürtülerini daha da güçlü boşaltsınlar diye görkemli, yuvarlak ve etli olan kalçalarımı daha bir belirginleştiriyor. Göğüslerim hâlâ küçücük. Beyaz, yuvarlak ve diriler, sıcaklığını iletmek isteyen bir insanın avucunun içine sığabilirler. Gepyer dar ve göğüsler birbirlerine iyice yapışmış, baskı altındalar. Daha kendimi inceleme zamanı gelmedi. İnce burunlu ayakkabılarımı alıyorum,

9. Fransızca geûpière sözcüğünden gelen, beli ince göstermek için kadınların giydiği, kopça ve bağcıklarla sıkıştırılan iç giysisi, bir çeşit büstiyer. (ç.n.)

ayağımın burnunu bileğime kadar ayakkabının içine soku-
yorum ve bir metre altmış santimken aniden on santim daha
uzuyorum. Banyoya gidiyorum, kırmızı rujumu alıyorum,
yumuşak ve etli dudaklarımı onunla ıslatıyorum. Kirpikleri-
mi rimel ile sıklaştırıyorum, düz ve uzun saçlarımı tarıyo-
rum, aynanın kenarında duran parfümümü üç kere üzerime
püskürtüyorum. Odama dönüyorum. Orada bedenimi ve ru-
humu titretecek kişiyi göreceğim. Hayran hayran kendimi
izliyorum, gözlerim parıldıyor, yaşaracak gibiler. Bedeni-
min etrafını saran bir ışık huzmesi var gibi ve omuzlarıma
dökülen saçlarım okşanmaya davet ediyorlar. Saçlarımı ok-
şayan el, benim denetimim dışında boynuma doğru uzanı-
yor. Yumuşak teni okşuyor ve iki parmak yavaşça bastırarak
boynun çevresinde dolaşıyor. Fark edilemeyecek kadar ya-
vaştan yaklaşmakta olan doyumun sesini duymaya başlıyo-
rum. El biraz daha aşağıya iniyor ve pürüzsüz göğsü okşa-
maya başlıyor. Önümde duran, kadın giysisine bürünmüş
çocuğun gözleri uyanmış ve arzulu. Neye? Cinselliğe? Aş-
ka? Gerçek yaşama?.. Çocuk, kendisinin mutlak sahibi. Par-
makları, kadifesinin üzerindeki tüylerin arasında dolaşıyor
ve ateş beyninde bir şimşek çaktırıyor, binlerce duygu saldı-
rıya geçiyor.

"Benimsin," diye fısıldıyorum. Aniden içimdeki dürtü
arzuma egemen oluyor.

Düzgün ve beyaz dişlerimle dudaklarımı ısırıyorum. Da-
ğılmış saçlarım sırtımı terletiyor, ter taneleri bedenimde in-
ci taneleri gibi parlıyorlar.

Nefesler hızlanıyor, iç çekmeler derinleşerek artıyor...
Gözlerimi kapatıyorum. Bedenimin her yanında kasılmalar

var, zihnim özgür ve uçup gidiyor. Dizler titriyor, soluklar kesik kesik ve dil dudaklarda dolanmaktan yorgun. Gözlerimi açıyorum. Çocuk gülüyor. Aynaya yaklaşıyorum ve çocuğu uzun uzun öpüyorum, nefesim aynayı buğulandırıyor.

Kendimi yalnız ve terk edilmiş hissediyorum. Kendimi şu anda üç uydusu olan bir gezegen gibi duyumsuyorum: Letizia, Fabrizio ve öğretmenim. Düşüncelerimde bana eşlik eden üç yıldız, gerçeklikte değil.

21 Şubat

Annemle, hafif bir nefes darlığı çeken kediciğimi muayene etmesi için veterinere gittik. Doktorun eldivensiz ellerinden ürküp usulca miyavlıyordu, ben de güç vermek için tatlı sözler söyleyerek başını okşuyordum.

Arabada annem derslerimin nasıl gittiğini ve erkeklerle aramın nasıl olduğunu sordu. Her iki soruya da belirsiz yanıtlar verdim. Yalan söylemek artık bir kural, aksini yapmak garip geliyor artık...

Ondan beni, matematik öğretmenimin evine bırakmasını istedim, dersimin olduğunu söyledim.

"Aaa iyi, böylece sonunda tanımış olurum!" dedi heyecanla.

Bir şeyden şüphelenmemesi için herhangi bir şey söylemedim. Öte taraftan Valerio'nun er ya da geç annemle tanışmayı beklediğini biliyordum.

Neyse ki bugün giyimi biraz daha ciddiydi. Annem, garip bir biçimde, onu asansöre kadar götürmemi istedi ve bana: "Hoşuma gitmedi. Kötü huylu birine benziyor," dedi.

Umursamazca omuz silktim ve görevinin bana matematik dersi vermek olduğunu söyledim, evlenmeyecektim ya onunla. Annem, insanları yüzünden okuduğunu düşünür ve bu beni gıcık ediyor.

Kapıyı kapattıktan sonra Valerio defterimi alıp derse başlamamız için beni sıkıştırdı. Telefon konuşmasından hiç söz etmedik, yalnızca kare kökler, küpler ve iki bilinmeyenli denklemlerden konuştuk. Gözlerini öyle iyi saklıyordu ki aklımdan, "acaba mı" geçmedi değil. Ya o telefon konuşması, beni komik duruma düşürmek için yapıldıysa? Ufacık da olsa bir gönderme, çağrışım, bir söz bekledim ama hiç eser yok!

Defterimi kapattı. Düşündüklerimi hissetmiş gibi, "Cumartesi gecesi kimseye söz verme ve ben telefon etmeden de sakın giyinme," dedi.

Aptal aptal baktım ama hiçbir şey söylemedim. Sözlerini umursamadığımı gösterir bir ilgisizlikle, kapattığı defterimi açtım ve x ve y'lerin arasına küçük harflerle yazdığı notu okudum:

Bir cennet gibiydi Lolitam, alevlere gömülmüş bir cennet.

Prof. Hubert

Yine de hiçbir şey söylemedim, birbirimizle vedalaşırken yeniden randevuyu hatırlattı. Nasıl unutabilirim ki...

22 Şubat

Saat birde Letizia aradı ve birlikte yemek yiyebilir miyiz diye sordu. Olur dedim çünkü zaten saat 15.30'da sahneleyeceğimiz tiyatro oyununun genel provaları başlayacağı için biraz oyalanmalıydım. Onu görmek istiyordum çünkü dün gece uykuya geçmeden önce onu sık sık düşünmüştüm. Kendisi fotoğraftan çok daha güzel ve tabii canlıydı. Bardağıma şarap koyarken yumuşak ellerine gözüm takıldı. Sonra hemen kendi ellerime baktım. Sabah ayazında scooter sürmekten kızarmış, kurumuş ve şebek ellerine dönmüştü.

Akla gelebilecek her konuya girdi ve her şeyden söz etti. Bir saat içerisinde yaşamının tüm yirmi yılını anlatabilmişti. Ailesinden, zamansız ölen annesinden, Almanya'ya giden babasından, evlendiği için ara sıra görüşebildiği ablasından, öğretmenlerinden, okuldan, üniversiteden, ilgi alanlarından, işinden söz etti.

Kaşlarına baktım ve güçlü bir öpme isteği duydum. Kaşlar ne garip şeyler! Letizia'nınkiler gözleriyle birlikte deviniyorlar ve öylesine güzeller ki insanda bu eşsiz güzelliği öpme isteği uyandırıyor, sonra da yüzünü, yanaklarını, ağzını... Evet, şimdi biliyorum, onu arzuluyorum. Sıcaklığını, tenini, ellerini, salyasını, fısıldayan sesini arzuluyorum. Başını okşamak, nefesimle o adacığını ziyaret etmek, tüm bedenine yayılacak bir şenlik düzenlemek istiyorum. Bununla birlikte tutukluğumun doğal olduğunu biliyorum, benim için yeni bir şey. Onun da benimle aynı duygular içerisinde olduğunu ileri süremem, belki de öyledir ama, ben bunu asla bilemeyeceğim. Bana bakıyor ve dudaklarını ıslatıyordu, bakışları alaycıydı ve tutsak olduğumun farkındaydım. Onun değil, kaprislerimin.

"Sevişmek ister misin, Melissa?" diye sordu şarap koyarken.

Bardağımı masanın üzerine koydum, huzursuzca baktım ve olur anlamında başımı salladım.

"Evet ama bana öğretmelisin...".

Bir kadınla sevişmeyi mi öğretecek, yoksa sevmeyi mi öğretecek? Belki de ikisi birbiriyle örtüşüyordur.

23 Şubat
5:45

Şimdi cumartesi gecesi, daha doğrusu pazar sabahı, gece bittiğine ve ortalık aydınlandığına göre. Kendimi mutlu hissediyorum Günlük. Bedenimde mutluluktan gelen bir coşku, esenlik duygusu var. İçimi tatlı ve güçlü bir huzur kaplamış durumda. Bu gece beğendiğin ve duygularına egemen olan birisinin kollarına kendini bırakmanın kutsal bir şey olduğunu anladım. O anda, kokusunu içine çektiğin, güçlü ve yumuşak omuzlarını okşadığın, saçlarında ellerini kaydırdığın anda, cinsellik artık yalnızca cinsellik olmaktan çıkıyor ve aşka dönüşmeye başlıyor.

Hiç gergin değildim, yapmakta olduğum şeyin ne olduğunu biliyordum. Anne ve babamı düş kırıklığına uğrattığımı biliyordum. İyi tanımadığım birinin arabasına biniyordum. Pek tanımadığım, yirmi yedi yaşında, çekici bir matematik öğretmeninin. Birileri duygularımı ateşe vermişti. Evin dışında, o ulu çam ağacının altında bekliyordum. Yeşil arabasının yaklaşmakta olduğunu gördüm. Boğazını çevreleyen atkısını fark ettim ve arabasının farları gözümü alıyordu. Geçen günkü, onun telefon etmesini beklemeden giyinmemem gerektiği emrinin aksine, telefon etmesini beklemeden giyindim. Çekmecemin birinci gözünden iç çamaşırımı aldım, giydim ve üzerime kısa, siyah elbisemi geçirdim. Aynaya baktım ve yüzümü buruşturdum, bir şeyler eksikti. Elimi eteğimin altına soktum ve külodumu çıkardım. İşte o zaman gülümsedim ve usulca, "Şimdi muhteşemsin," diye fısıldadım, kendime bir öpücük gönderdim.

Evden çıktığımda eteğimin altından soğuğu hissettim, rüzgâr hırçınca çıplak organıma üfürüyordu. Arabaya bindiğimde öğretmenin parıltılı ve büyülenmiş gözlerle baktı ve "Giymeni istediğim şeyi giymemişsin," dedi.

O zaman önüme, yola baktım ve "Öğretmenlerin söylediklerine kulak asmamak en iyi yaptığım şeydir," dedim.

Yanağıma sesli bir öpücük kondurdu ve bilinmeyene doğru yol almaya başladık.

Parmaklarımı durmadan saçlarımda dolaştırıyordum. Belki benim gergin olduğumu düşünüyordu, ama aslında sadece heyecanlıydım. Hemen orada, yanı başımda olmasından ve herhangi bir önyargı taşımamasından... Yol boyu nelerden söz ettik hiç anımsamıyorum, çünkü aklım fikrim ona sahip olmaktaydı. Araba kullanırken gözlerine baktım, gözlerini beğeniyorum; siyah uzun kirpikleri, karmaşık ve çekim gücü yüksek bakışları var. Göz ucuyla kaçamak bakıyordu, ben hiçbir şey anlamamış gibi yapıyordum. Eee, bu da oyunun bir parçası. Sonra Cennete ya da Cehenneme geldik, bu artık nereden bakıldığına göre değişebilir. Minik arabasıyla geçilmesi olanaksız gibi gözüken yollardan, tenha ve çok çok dar yollardan geçtik. Sarmaşıklarla kaplı ve yosun tutmuş, yıkık ve terk edilmiş bir kiliseyi geçtik. Valerio bana, "Sağına dikkatlice bak, orada bir çeşme olmalı, geçit ondan sonra," dedi.

Dikkatimi, olabildiğince kısa zamanda o zifiri karanlık labirent içindeki çeşmeyi bulmaya yoğunlaştırdım.

"İşte şurada!" dedim, biraz yüksek kaçan bir ses tonuyla. Paslı, yeşil bir giriş kapısının önünde durdu. Arabanın farları üzerindeki yazıyı aydınlatıyordu. Gözlerim, yaralı bir kalbin izinde yazan isimlere, Valerio ve Melissa'ya takılı kaldı.

Aptallaşmıştım, ona okuduğum şeyi gösterdim.

Güldü ve "İnanmıyorum..." dedi, sonra bana döndü ve fısıldayarak "Gördün mü, yıldızlara adımız yazılmış?" dedi.

Ne demek istediğini tam olarak anlayamamıştım, özellikle de o "biz" bölümünü. Tarafların eşit olduğu bir birlikteliği anlatıyor ve hatta bu konuda güvence veriyor gibiydi, o "biz" iki kişiydi ve bu, ayna ile ben gibi değildi.

Bu cennetten ürktüm biraz; karanlıktı, sarptı, özellikle de yüksek topuklu çizmelerin üzerindeysen aşılması zordu. Olabildiğince ona dayanmıştım, sıcaklığını hissediyordum. Kayaların, o daracık ve karanlık yolların arasından geçerken sık sık ayaklarımız takıldı. O zifiri karanlıkta tek görünen göktü, milyonlarca yıldız vardı bu gece ve ay bir görünüp bir kayboluyor, bizim oynadığımız gibi o da bizimle oyun oynuyordu. Nedenini bilmiyordum ama bu yer bende tüyler ürpertici ve karmaşık duygular uyandırıyordu. Belki aptalca, belki de haklı olarak, oralarda bir yerlerde, yakınlarda, benim önceden kurban olarak seçildiğim, karanlık bir ayin düzenleniyordu. Pelerin giymiş erkekler beni bir masaya yatıracaklar, mum ve şamdanlarla çevreleyecekler, sırayla ırzıma geçecekler en sonunda da keskin uçlu ve kıvrımlı bir hançerle beni öldüreceklerdi. Ama ona güveniyordum, bunlar belki o büyülü anın bilinç altımda yarattığı düşüncelerdi. Bende o ürküntüleri yaratan dar yollar bizi, deniz kenarındaki bir uçurumun üstünde kalan, ağaçsız düz bir alana getirmişti, sahile köpürerek vuran dalgaların sesi duyuluyordu. Kocaman, beyaz ve kaygan kayalar vardı. Hemen bunların nasıl kullanılabileceğini düşünmeye başladım. Birbirimize yaklaşmadan önce yüzüncü kez ayaklarımız takıldı; yüzümü yüzüne yaklaştıracak biçimde beni kendisine doğru çekti, dudaklarımızı birbirlerine değdirdik öpüşmeden, kokularımızı içimize çekerek, soluklarımızı duyarak. Birbirimize daha da yaklaştık ve dudaklarımızı, öperek, ısırarak tükettik. Dillerimiz birbiriyle buluştu. Onunki sıcak ve yumuşaktı, bir tüy gibi hafifçe ağzımın içini okşuyordu ve çok sarsıcıydı. Öpüşme öylesine kızışmıştı ki bana dokunup dokunamayacağını, uygun zamanın o an olup olmadığını sordu. Evet dedim, bu an o andı. Külodumun olmadığının farkına vardığında donup kaldı, çırılçıplak etim karşısında birkaç saniye duraladı. Sonra onda yarattığı derin etkiyi sezinledim; bana sürtünen, patlamakta olan bir volkan vardı. Tadına bakmak istediğini söyledi.

O zaman o koca kayalardan birine oturdum ve dili beni, yeni doğan bebeğini okşayan annenin elindeki şefkatle okşadı. Usulca ve uysal, sürekli ve amansız bir doyum başlamıştı. Yoğun ve narindi, erimeye başlamıştım.

Ayağa kalktı, öptüğünde ağzında, damağımda kalan kokuları tattım, lezzetliydi. Bana defalarca sürtünmüştü, kot pantolonunun altından sert ve kabarmış olduğunu hissediyordum. Düğmelerini çözdü ve bana sundu. Bugüne kadar hiç sünnetli bir adamla birlikte olmamıştım, uç tarafının böyle, neredeyse dışarıda olduğunu bilmiyordum. Ucu yumuşak ve kaygandı ve onu denemeliydim.

Ayağa kalktım ve kulağına fısıldadım: "Hakla beni!".

O da istiyordu. Diz çöktüğüm yerden yukarıya doğru kalkarken, öyle yalamayı kimden öğrendiğimi sordu. Yılan gibi kıvrılan dilim onu çılgına çevirmişti.

Sırt üstü yatmamı ve bacaklarımı aralamamı istedi; iyice inceledi. Önce bu bakışını garipsedim ama sonra yuvarlaklarımı incelemesi beni feci uyardı. İlk vuruşunu ellerimi soğuk ve kaygan taşa dayayarak bekledim. Yaklaştı ve resmen hedef aldı. Ona kendimi sunuşumu nasıl algıladığını söylemesini isterdim. Yoksa ben dipsiz bir ambar mıyım gelenin geçenin "girdiği"? İlk vuruşun hedefi bulduğunu gösterir bir inleme çıktı ağzımdan, kupkuru. O hoş oyundan koptum, içimde hissetmeye devam ederken ona yalvaran gözlerle baktım ve bedenlerimizi ele geçirmeden önce, birkaç dakika beklemenin doyumlarımızı daha da yoğunlaştıracağını söyledim.

"Arabaya gidelim," dedim "Orada daha rahat ederiz".

Yeniden o karanlık labirentten geçtik ama bu kez korkmadım. Bedenim, halinden hoşnut birbirinin peşi sıra koşturarak eğlenen, içimi daraltan o korkunç izleri hatırlatan, bir yandan da kendimi iyi hissettiren, sözle anlatılamayacak bir coşku veren binlerce cin tarafından ele geçirilmişti. Arabaya binmeden önce, kapıdaki yazıyı bir kez daha inceledim ve gülümsedim, onun benden önce binmesini bekledim. Çabucak soyundum. Bedenlerimizin ve tenimizin her hücresinin diğerininkine değmesini, birbirlerine, şimdiye kadar bilinmeyen, yücelterek kendinden geçirecek duyguları yaşatsınlar istedim. At biner gibi coşkuyla üzerine çıktım ve önce yumuşak ve birbirini belirli aralıklarla tekrarlayan, daha sonra da sert ve keskin vuruşlarla devinmeye başladım. Öperken ve yalarken titremelerini duyumsadım. Onun egemenliğini ele geçirmek kolaydı.

"İkimiz de özgürüz, ikimiz de egemeniz," dedi bir noktadan sonra " Nasıl birbirimize boyun eğeceğiz?".

"İki egemen güç birleşecekler ve doyuma ulaşacaklar," diye yanıtladım.

Keskin vuruşlarla hızlandım ve mucizevi olarak, hiçbir erkeğin bana vermeyi beceremediği o zevki, yalnızca benim kendi kendime verebildiğimin farkına vardım. Her yerimde kasılmalar vardı. Organımda, bacaklarımda, kollarımda, hatta hatta yüzümde... Bedenim bayram yerine dönmüştü, eğleniyordu. Kazağını çıkardı ve ateşli, çıplak ve kıllı göğsünün benim beyaz ve duru göğsümle buluşmasını hissettim. Saçlarımı o muhteşem yeni buluşun üzerinde gezdirdim, tümüyle benim olması için iki elimle birden okşamaya başladım.

Sonra üzerinden indim, bana, "Yalnızca tek bir parmağınla dokun!" dedi.

Afallayarak dediğini yaptım ve çeşmesinden yaşlar dökmekte olduğunu gördüm. Hiçbir zorlama olmadan, kendiliğinden ağzımı yaklaştırdım ve bugüne dek hiç tatmadığım kadar lezzetli ve tatlı gelen sperminin tadına baktım.

Birkaç saniye için beni kucakladı ve o an bana sonsuzluk gibi geldi ve her şeyin orada benimle birlikte olduğunu sandım. Sonra başımı nazikçe koltuğa yasladı, ben hâlâ çırılçıplak, büzülmüş ve ay ışığının aydınlığındayken.

Gözlerim kapalıydı ama gözlerinin benim üzerimde olduğunu hissediyordum. O kadar uzun bir süre bedenime bakmasının doğru olmayacağını; erkeklerin, senin bedeninle hiçbir zaman, bütünüyle yetinemeyeceklerini, onu okşamak ve öpmenin ötesinde, zihinlerine kazımak ve bir daha hiç silinmemek istediklerini düşündüm. Uyuklayan ve hareketsiz bedenimi seyrederken neler hissediyor olabileceğini düşündüm. Benim için yalnızca bakmak yeterli değildi, algılamak da önemliydi ve ben bu gece onu algılamıştım. Pantolonunu düğmelerken, çakmağını bulamadığı için homurdanmasını duyduğumda gülmemi zor tuttum ve gözlerim hâlâ kapalı ve çatallaşmış sesimle, gömleğini arka koltuğa fırlatırken çakmağının havada uçuşunu gördüğümü söyledim. Bana bir anlığına bakmakla yetindi ve pencereyi açarak daha önce hissetmediğim soğuğun içeriye dolmasına sebep oldu.

Sonra, uzun süren bir sessizlikten sonra, sigarasının dumanını üflerken, "Tüm yaşamım boyunca hiç böyle bir şey yaşamamıştım," dedi.

Söylediklerinin ne anlama geldiğini biliyordum ve o konuşmanın, bu tehlikeli, geçici ve heyecanlı ilişkiyi tehlikeye atacak ya da tam tersine güçlendirecek önemli sözlerin söyleneceği anın başlangıcı olduğunu anladım.

Ona yaklaştım, omzuna elimi, elimin üstüne de dudaklarımı yasladım. Konuşmaya başlamadan önce biraz bekledim, aslında daha ilk andan itibaren ne söyleyeceğimden o kadar emindim ki.

"Senin bugüne kadar böyle bir şeyi yaşamamış olman

yanlış olduğunu göstermez," dedim.

Bir kez daha sigarasının dumanını üfledikten sonra, "Ama doğru da değil," dedi.

"Doğru ya da yanlış olmasından bize ne? Önemli olan hoşumuza gitmesi ve en sonuna, en dibine kadar gitmiş olmamız". Erişkin bir adamın, çok bilmiş bir kızın sözlerine kulak asmayacağını bile bile dudaklarımı ısırdım.

Oysa o bana döndü, sigarasını fırlattı ve "İşte tam da bu nedenden ötürü başımı döndürdün. Olgunsun, akıllısın ve içinde sınır tanımayan bir tutku var," dedi.

Evet bu oydu. Onu tanıdım. Tutkumu tanıdım. Eve dönüş yolunda, bundan böyle öğrenci öğretmen ilişkisini sürdürmemizin doğru olmayacağını, beni artık öğrencisi gözüyle göremeyeceğini ve işi ile zevklerini hiç karıştırmadığını söyledi. Benim için de böylesinin daha uygun olacağını söyledim, yanağından öptüm ve içeriye girmemi beklerken ön kapıyı açtım.

24 Şubat

Bu sabah okula gitmedim, kendimi çok yorgun hissediyordum. Dahası bu akşam tiyatro oyunumuzun ilk gecesi ve bu, okuldan kaytarmak için iyi bir bahane.

Öğle yemeği saatinde Letizia telefonda, akşam saat tam dokuzda orada olacağını bildirdiği bir mesaj gönderdi. Doğru ya Letizia... Dün onu unuttum. Bir kusursuzluk başka bir kusursuzlukla nasıl bağdaştırılabilir ki? Dün Valerio vardı ve bana yetiyordu; bugün yalnızım ve bu bana yetmiyor (çünkü artık kendi kendime yetemiyorum), Letizia'yı istiyorum.

P.S. Ya o sersem Fabrizio! Aklını karısıyla oyuna gelip beni seyretmeye takmış! Allah'tan dediğim dedik bir tip değil, sonunda evde kalması gerektiğine ikna edebildim.

1:50

Bu akşama özel bir gerginliğim yok, tam tersine üzerimde bir durgunluk, umursamazlık var ve ne zaman geçeceği hakkında da en ufak bir fikrim yok. Herkes zıp zıp zıplıyor, kimi korkudan kimiyse mutluluktan. Bense perdenin arkasına saklanmış salona girenleri gözlüyordum. Dikkatimi Letizia'nın gelip gelmediği üzerine yoğunlaştırmıştım. Göremedim. Sahne düzenleyici Aldo, başlamak üzere olduğumuzu söyleyerek beni sahne arkasına çağırdı. Salonun ışıkları söndü, sahneninkiler yandı. Yayından fırlatılmış ok gibi sahneye girdim. Ortaya, tam tamına, provalar sırasında yönetmenin binlerce kez rica etmesine karşın benim hiç beceremediğim bir biçimde fırladım. Eliza Doolittle, ben de dahil olmak üzere herkesi kendine hayran bıraktı. Son derece doğal ve kendiliğinden hareket ve anlatımlarla, benim bile etkilendiğim yepyeni birisi çıkmıştı ortaya. Sahneden Letizia'yı görmeye çabaladım ama başarılı olamadım. Bu nedenle oyunun bitmesini bekledim. Selamlamalar, alkışlar... Kapanmış olan perdenin arkasından, onu bulabilmek için, misafirleri inceden inceye izlemeye devam ediyordum. Mutluluktan uçmuş annem ve babam kuvvetle alkışlıyorlardı, aylar var ki görmediğim Alessandra oradaydı ve çok şükür Fabrizio'dan eser yoktu.

Melissa P.

Sonra gördüm onu, yüzü neşe içinde aydınlanmıştı, deliler gibi alkışlıyordu. O, biraz da bunun için hoşuma gidiyor, çünkü çok doğal, çok kendi gibi, neşeli. Uçlarda yaşayan biri olması insanı coşturuyor. Yüzüne baktığında, onun kendiyle böylesine barışık olmasından ötürü insan çileden çıkar.

Aldo kolumdan çekti ve yüksek sesle: "Bravo, bravo sana tatlım! Hadi acele et, üstünü değiştir, kutlamaya gidiyoruz," dedi. Çok garipti ve deli gibi bir ifadesi vardı, yüksek sesle gülmeye başladım.

Gelemeyeceğimi, birisini görmem gerektiğini söyledim. Aynı anda, gülen yüzüyle Letizia geldi. Aldo'yu gördüğünde yüzünün ifadesi değişiverdi; gülümsemesi kayboldu, gözleri karardı. Aldo'ya baktım, onun da bembeyaz olan yüzüne aynı ciddi ifade yerleşmişti. İki üç kere önce birine, sonra diğerine baktım, neden sonra: "Ne oluyor? Neyiniz var sizin?" diye sorabildim.

Birbirlerine sessizce, kötü kötü ve adeta düşmanca, aşağılarmışçasına bakıyorlardı.

İlk önce Aldo konuşmaya başladı: " Hiç, hiç, hiçbir şey. Hadi siz gidin. Diğerlerine gelemeyeceğini söylerim. Güle güle git güzelim," dedi ve alnımdan öptü.

Kaçıp gitmesinin ardından bakakaldım, sonra Letizia'ya doğru döndüm ve sordum: "Burada neler oluyor Allah aşkına, sorabilir miyim? Siz tanışıyor musunuz?".

Şimdi sakinleşmiş, yatışmıştı. Azıcık duraksadı, gözlerini gözlerimden kaçırıyordu ve yüzünü aşağıya eğdi ve ince, uzun parmakları ile yüzünü kapattı.

Sonra dik dik gözlerimin içine baktı ve "Aldo'nun eşcinsel olduğunu bildiğini sanıyordum," dedi.

Aldo bunu saklamıyor, okulda herkes biliyor artık. Bildiğimi söyledim.

"Eee ne olmuş?" dedim gerisini beklediğimi anlatır biçimde.

"Olan şu ki, bir zamanlar bir çocukla birlikteydi, sonra... Sonrasında ben ve o çocuk tanıştık, yani şey anlamında... Aldo ondan bir şeyler bekliyordu," sözleri ağzından tek tek çıkıyordu ve kesik kesikti.

"Ne bekliyordu?" meraklı ve çılgın bir tonda sordum hemen.

O parlak kocaman gözleri ile baktı ve "Yo, yo... Sana bunu söyleyemem... Kusura bakma... Yapamam...".

Başını öbür tarafa çevirdi ve "Yalnızca lezbiyen değilim...".

Ya ben neyim? Bir kadın bile değil, nüfus kayıtlarına göre hâlâ çok küçüğüm, dolayısı ile bir genç kızım, başka bir kadının kollarında korunmak isteyen ve aşk arayan bir kız. Ama yalan söylüyorum Günlük, diğer yarıma, bana bu denli benzeme fırsatı vermeyeceğim, ben aynı bütünün içinde yaşayan dişi yan olacağım. Letizia'da gördüğüm ve yapmaya giriştiğim şey yalnızca onun bedeninin çekiciliği, tensel çekimi ile ilgili değil, evet, aynı zamanda da duygusal, ruhsal nedenlerim var. Onu bir bütün olarak beğeniyorum. Kafamı karıştırıyor ve kendine çekiyor, uzun bir süredir fantezilerimin baş oyuncusu olmaya başladı. Aşk, o usanmaksızın aradığım şey, kimi zaman bana o kadar uzak, o kadar yabancıymış gibi geliyor ki...

1 Mart 2002
23:20

Bugün evden çıktığımda babam kanepeye oturmuş, boş gözlerle televizyon ekranına bakıyordu. Kayıtsız bir halde nereye gittiğimi sordu. O anda ona ne yanıt verirsem vereyim, yüzündeki ifadeyi, o kayıtsız duruşunu değiştirmeyeceğini, dolayısıyla ona herhangi bir yanıt vermemin gereksizliğini düşündüm.

"Düzüştüğüm evli adamın yeni aldığı eve gidiyorum" demeyi çok isterdim ama nasıl olsa "Alessandra'ya ders çalışmaya gidiyorum" dememle aynı etkiyi yaratırdı.

Kapıyı yavaşça örttüm, benimle ilgili soyut düşüncelerini bölmek istemedim.

Fabrizio dairenin anahtarlarını bana daha önceden ulaştırmıştı ve orada onu beklememi, iş çıkışı geleceğini söylemişti.

Daha daireyi görmedim, anla ne kadar ilgimi çektiğini. Scooter'ımı apartmanın önüne park edip loş ve boş avluya geçtim.

Kapıcı kadının kimi aradığımı soran sesiyle yerimden sıçradım ve yüzüme al bastı.

"Yeni kiracıyım," dedim yüksek sesle ve sözcükleri heceleyerek, ne akla hizmetse, kapıcı kadının sağır olduğunu düşünerek. Nitekim duruma açıklık getirdi, "Sağır değilim. Hangi kata çıkacaksınız?".

Biraz düşündükten sonra yanıtladım: "İkinci kata, Bay Laudani'nin yeni aldığı daireye çıkacağım".

Gülümsedi ve "Aaa evet! Babanız kapıyı içeriden bir kez döndürüp kilitlemenizin doğru olacağını söylememi istemişti," dedi.

Babam mı!.. Babam olmadığını söylememin yersiz kaçacağını ve onu güç duruma düşüreceğini düşünerek vazgeçtim.

Kapıyı açtım. Anahtarın kilidin içinde döndüğü an, yapmaya giriştiğim şeyin aslında ne denli aptalca ve anlamsız olduğunu düşündüm. Kesinlikle başlamasını istemediğim bir şeyi yapmakta olan kişi olarak ben, tam bir aptaldım. Öğleden sonra beni arayıp, çok özel bir şeylerle "aşk yuvamızın" açılışını kutlayacağımız için, bugünün unutulmaz bir anı olarak kalacağını mankafa bir sesle söyleyen Fabrizio'nun yaptığı anlamsızdı. En son biri bana unutulmaz bir an yaşayacağımı söylediğinde, haşhaşlı sigara kokan karanlık bir odada beş kişinin aletini emmiştim. Bugünün ana fikrinin farklı olmasını umuyorum. Giriş oldukça küçük ve bir o kadar da sönüktü, ortama yalnızca yerdeki kırmızı halı biraz renk katıyordu. Oradan bütün odalar görülüyordu, en azından odaların bir bölümü. Yatak odası, oturma odası diyebileceğim küçük bir salon, mutfakçık ve bir sandık odası. Yatağın karşısına taktırdığı o işkence aletini görmemek için yatak odasına girmeden salona geçtim. Önünden geçtiğim sandık odasının yerine koyulmuş, renkli kâğıtlarla sarılmış üç paketi görmemezlikten gelemedim ve oraya doğru yöneldim. Paketlerin ön tarafına büyük harflerle yazılmış bir not iliştirilmişti: PAKETLERİ AÇ VE YALNIZCA BİR TANESİNİN İÇİNDEKİLERİ GİY! Etkilendim ve merakım uyandı.

Paketleri eşeledim, itiraf etmeliyim ki düş gücü var. İlk kutunun içinde yumuşacık dantelli beyaz iç çamaşırları, tülden bir kombinezon, seksi ama aynı zamanda da namuslu bir külot ve alttan balenli bir sutyen var. Kutunun içinden bir de not çıktı: OKŞANMAK İSTEYEN BİR BEBEK İÇİN. İkinci kutuda bir adet kırmızı G string vardı. Arkasında tavşan kuyruğunu anımsatan tüyler vardı. Bir çift fileli çorap, baş döndürücü topukları olan kırmızı ayakkabılar ve bir not daha: AVCI TARAFINDAN AVLANMAK İSTEYEN BİR TAVŞAN İÇİN. Bu paketi gözden çıkarmadan önce üçüncü paketin içinde ne sakladığını merak etmiştim.

Bu oyun, isteklerini keşfetmek oyunu, hoşuma gitmişti.

Seçimim üçüncü kutu oldu. Lastikli bir kumaştan yapılmış, siyah, parlak, bedene yapışan body gibi, mayo benzeri bir giysi, yüksek topuklu deri uzun çizmeler, bir kırbaç, siyah bir vibratör ve bir kutu vazelin. Makyaj ürünlerinin yanı sıra bir de not vardı: KÖLESİNİ CEZALANDIRMAK İSTEYEN BİR PATRON İÇİN. Onu cezalandırmam için bundan daha iyi bir yol olamazdı ve cezalandırma araçlarını elime kendisi vermişti. Not kâğıdının sonunda bir ek not vardı: BUNU GİYMEYE KARAR VERİRSEN, HAZIR OLDUKTAN SONRA BENİ ARA. Bu isteğinin nedenini tam anlamasam da bana uyardı, oyun gittikçe ilginç olmaya başlamıştı. İstediğim zaman çağıracak, istediğim zaman göndereceğim... Hoşuma gitti!

Pişmanlık ve suçluluk duymadan siktir edip gönderebilirdim onu. Bu karmaşık oyunu onunla oynamak canımı sıkıyordu; ona layık bulmuyordum, hak etmiyordu. Sahi, öğretmenimle ve eldeki bu olanaklarla oynamak ne muhteşem olurdu, onu düşündüm. Ne yazık ki oynamak zorundaydım, benim tarafımdan becerilmek için çok şey yapmış, çok çaba harcamıştı. Önce ev, sonra bu hediyeler... Cep telefonumun ekranının yanıp söndüğünü gördüm, beni arıyordu. Açmadım, yalnızca üçüncü paketi seçtiğimi ve daha sonra onu arayacağımı belirten bir mesaj gönderdim.

Salona geçtim, balkona bakan pencereyi açtım. Kapalı kalmış odanın kötü kokusunu kovup temiz havanın içeri dolmasını istedim. Sıcak ve insanı saran renkleri olan halının üzerine uzandım. Temiz hava, sessizlik, batmakta olan güneşin soluk renkleri uykumu getirdi. Usulca gözlerimi kapadım, nefesim bana, gidip gelen, sahilde patlayan ve sonra yeniden denizin enginliğine geri dönen dalga sesine benzeyinceye kadar, derin derin nefes aldım. Uyku beni koynuna, tutkumu kollarına aldı. Rüyamda kim olduğunu bilemediğim, çıkartamadığım bir adam vardı. Kim olduğunu bilmiyordum, yüz hatları tam görünmüyordu. Birbirimizin içindeydik; anahtarla kilit gibi, verimli ve bereketli toprak ve ona saplanmış bahçıvan beli gibi kenetlenmiştik. Dikilmiş organı bir süre yatıştıktan sonra, beni, yeniden titretmeye başlamıştı. Kesik kesik çıkan sesimle ona bu oyundan ne kadar hoşlandığımı anlatıyordum. Sanki ben, duygularının göğün en yükseklerine ulaşması için onun başını döndüren, yeni açılmış köpüklü bir şampanyaydım; duyduğum arzu onu öylesine bulandırıp uyuşturuyordu.

Sonra yavaşça içimden çıktı. Ona zaman kavramını yitirten, önce hızlı hızlı, sonra yavaşlayarak süren devinimlerimden uzaklaştığını fark ettim. Okun, kanayan yeni yaradan aniden çıkmaması için kalçamı yavaşça erkeklik organının üstünden çektim ve lolita bakışlarım ile onu incelemeye koyuldum. Az önce bileklerimi saran ipek bağcıkları, bu kez onun bileklerini bağlamak için elime aldım. Kapalı duran göz kapakları bana hızla ve şiddetle sahip olma arzusunda olduğunu sezdirdi, ama beklemek istiyordum... Biraz daha beklemek...

Sonra üst kısmı dantelli olan siyah jartiyerli çoraplarımı aldım, ayak bileklerinden yatağın kenarına yaklaştırdığım iki sandalyenin bacaklarına ayrı ayrı bağladım. Şimdi hem benim, hem de onun doyumu için hazır bekliyordu. O çırıl-çıplak bedenin ortasında kendinden emin, dimdik, sertleş-miş aşk sapı pespembe gizemimin egemenliği altına bir kez daha girmekte gecikmeyecekti. Üstüne çıktım, hazzın yavaş yavaş yaklaşan dalgalanmalarına eşlik eden titrememelerimizi hissederk, tenimi tenine sürttüm. Uyarılmış tüylerim, pürüz-süz cildime batan tüyleriyle kaplı göğsünü tatlı tatlı okşuyor, sıcak nefesi benim nefesimle buluşuyordu.

Parmak uçlarımı, yavaşça ovuşturarak dudaklarının üze-rinde dolaştırdım. Sonra parmaklarım dudaklarının arasın-dan yavaşça, tatlı tatlı içeriye girdi. İniltilerinden, parmakla-rımın inceleme gezisinin onu ne kadar uyardığını anladım. Sonra parmaklarımı ıslak, pembe gülümme götürdüm ve çiği-nin nemi ile ıslatıp pembe, uyarılmış organının en tepe nok-tasına götürdüm. Dokunduğum an, savaş alanından zaferle dönen kumandanın ordusundaki bayrak gibi boşlukta hafif-çe dalgalandı. Kalçalarımı tam karşısında duran ve onun ba-kış açısında olan aynaya dönerek, at biner gibi üstüne çık-tım, göğsümü alçalttım ve kulağına "Seni istiyorum," diye fısıldadım.

Orada öylece, uyarılmış ve gerilmiş bedeninin etrafını çerçeveleyen bembeyaz çarşafların üzerinde yatması, kaderini ellerime teslim etmiş beklemesi çok güzeldi. Eve girerken boynumda olan parfümlü eşarbımla gözlerini kapattım, beklemeye bıraktığı bedeni görmemesini istedim. Onu orada öylece, uzun süre beklettim. Çok uzun bir süre. Uzun zamandır dik duran, ayakta durmaktan yorulmayan organını içme almak için çıldırıyordum. Öte yandan da bekletmek, hep bekletmek istiyordum. En sonunda, beni bağlı beklemekte olduğu yatak odasına gitmek için mutfakta oturmakta olduğum sandalyeden kalktım. Yumuşacık ve sessiz olmasına çalıştığım adımlarımı duydu, sevincini gösterir derin bir nefes aldıktan sonra, bedenim onu sinsi sinsi yutmadan önce, şöyle bir kıpırdandı.

Uyandığımda hava kararmıştı. Ay, kesilmiş tırnak gibi, dünyanın damında asılı kalmış gibi gözüküyordu. Hâlâ gördüğüm düşün etkisi altındaydım. Cep telefonumu aldım ve onu aradım.

"Aramayacaksın sandım," dedi kaygılı bir sesle.

"Biraz keyif yaptım," dedim kötü kötü.

On beş dakikaya kadar geleceğini ve onu yatakta beklememi söyledi.

Soyundum, çıkarttığım giysilerimi sandık odasında yere bıraktım. Kutunun içindekileri aldım ve çok dar olan giysiyi giydim, bedenime yapışıyor ve çimdiklermiş gibi etlerimi çekiyordu. Çizmeler tam tamına baldırlarımın ortasına kadar çıkıyordu. Ateş gibi kıpkırmızı ruju, bir çift takma kirpiği ve çok parlak farı kutuya niye koyduğunu pek anlamadım. Yatak odasına saçlarımı taramaya gittiğimde aynadaki görüntüme baktım ve yüreğim hopladı. İşte benim yüzüncü kez başkalaşışım, işte yüzüncü kez, benim değil, beni de sevme-

Melissa P.

yen birilerinin gizli ve yasak arzularıyla alçalışım. Ancak bu kez farklı olacak, hakkettiğim karşılığı alacağım. Ötekinin aşağılanması... Gerçekte alçalma karşılıklı olsa bile. Söylediği saatten biraz geç geldi, karısına bir yalan uydurması gerektiği için geciktiğini söyledi, özür diledi. "Zavallı eş," diye düşündüm, "ama bu gece senin için de cezalandırılacak".

Beni yatağa uzanmış, uçarken rahatsız edici bir sesle yanan lambaya çarpan sineği incelerken buldu. İnsanların da aynen bu aptal hayvan gibi, sürekli korku ve kaygı ile dünyada bir şeylere çarptığını, sarsıldığını ve çırpındığını düşünüyordum; gürültü yapıyor, kargaşa yaratıyor, düzeni bozuyor, tam kavrayamadığı şeylerin etrafında dönüp vızıldıyordu; zaman zaman isteklerini birbirine karıştırarak tuzağa düşüyor ve mavi yansıtıcı ışığın altındaki kafesin içinde cansız yere yıkılıyordu.

Fabrizio iş çantasını yere koydu ve sessizce kapının eşiğinde durarak beni inceledi. Bakışları anlam yüklüydü ve ne düşündüğünü anlatıyordu. Pantolonunun altındaki kıpırdanma da düşüncelerimi doğruluyordu. Onu yavaş yavaş ama acımasızca hırpalamalıydım.

Sonra konuşmaya başladı: "Kafamın ızına geçtin, aklımdan çıkartamıyorum seni. Şimdi bedenimi ele geçirmelisin, etimden içeriye senden bir şeyler girmeli ve orada kalmalı".

"Bu noktada kimin esir, kimin egemen güç olduğu birbirine karıştı galiba. Ne yapılacağına ben karar vereceğim ve sen boyun eğeceksin. Buraya gel!" dedim acımasız bir köle sahibi gibi.

Acele ve hızlı adımlarla yatağa doğru yöneldi. Çekmecenin üzerinde duran kırbaç ve vibratöre baktığımda kanımın kaynadığını ve çılgın bir tutkunun beni uyarmaya başladığının farkına vardım. Ne tür bir orgazm olacağını merak ediyordum, daha da ötesi, kanının aktığını görmek istiyordum. Çıplakken solucana benziyordu. Tüysüzdü, derisi parlak ve pörsümüştü, göğsü geniş ve şişikti, ufaklığı hemen uyarılmıştı. Düşümde gördüğüm türden tatlı bir hırpalamanın ona verilecek çok hoş bir ödül olacağını ve buna değmediğini düşündüm. Onunki ağır, kaba, kötü ve acımasız bir ceza olmalıydı. Yüzükoyun yere yatmasını istedim. Bakışlarım soğuk, kibirli ve umursamazdı. Beni öyle görseydi, eminim, damarlarındaki kan donabilirdi. Terli ve bembeyaz yüzünü arkaya çevirmeye çalıştı, deri çizmemin sivri ucunu sırtına sertçe batırdım. Öcüm etini kırbaçlamıştı. Bağırıyordu yavaş sesle, belki de ağlıyordu. Aklım öylesine karışmıştı ki çevremdeki ses ve renkleri ayırt edemez olmuştum.

"Kime aitsin?" dedim buz gibi bir ses tonuyla.

Can çekişiyormuş gibi uzun bir hırıltı çıkardı ve çatlak bir sesle, "Sana aidim. Senin kölenim," dedi.

O bunları söylerken topuğum omuriliğinden kalçalarına kadar, baskı yaparak iniyordu.

"Hayır Melissa... Hayır..." dedi, sesi güçlükle çıkıyordu.

Devam etmeye gücüm yetmedi. Elimi uzatıp çekmecenin üzerindeki aleti aldım ve yatağın üzerine koydum. Bir tekme ile döndürüp sırtüstü yatırdım ve omuriliğine uyguladığım işlemleri göğsüne uyguladım.

"Dön!" diye buyurdum bir kez daha. Boyun eğdi. Kalçalarından birinin üzerine at biner gibi oturdum ve yapışkan giysimin sıkıştırdığı organımla sürtünmeye başladım.

Melissa P.

"Sırılsıklamsın! Yalamama izin ver..." dedi bir nefeste.

"Hayır!" dedim sertçe.

Sesi kesik kesik çıkıyordu, devam etmemi, canımı yakmaya devam etmemi istediğini anlıyordum.

Uyarılmam artıyordu, tüm ruhuma doluyor ve gizemli bir coşku yaratarak dişilik organımdan yeniden dışarı çıkıyordu. Boyunduruğum altına almıştım ve bundan mutluluk duyuyordum. Kendim için de, onun adına da mutluydum. Onun adına mutluydum çünkü bu istediği şeydi, en büyük arzularından biriydi. Kendim için mutluydum çünkü başka bir kişilik üzerinden, onu tümüyle tüketerek, kişiliğimi, bedenimi ve ruhumu ortaya çıkarmış oluyordum. Elime kırbacı aldım ve sapının çevresinden dolandırdım, ipekten yapılmış sicimlerini kalçasına dokundurdum, vurmadan. Sonra bir kez yavaşça vurdum ve bedeninin gerilip sıçradığını gördüm. Üzerimizde, o koca sinek lambaya çarpmaya devam ediyordu. Önümde ise aralık kalan pencerenin önündeki perde rüzgârdan neredeyse yırtılacakmış gibi havalanmıştı. Sertçe vurduğum son darbe sırtını kızartmıştı ve kıvranıyordu, bunun üzerine vibratörü aldım. Şimdiye dek hiç böyle bir şeyi elimde tutmamıştım, hiç hoşuma gitmemişti. Vazelini aletin yüzeyine yayarken yapaylığını hissediyordum; Gianmaria ile Germano'nun birbirlerinin bedenine girişlerindeki o yumuşaklık, sevgi, incelik yoktu. Bambaşka ama huzur veren, gerçek bir dünyayla karşılaşma durumu gibi değildi bu. Bu karşılaştığım dünya iğrenç gelmişti; her şey yalan, her şey acınılacak kadar ikiyüzlüydü. Küçük bir kızın ayaklarına kapanmış bir solucan gibi alçalmış; yatarken, fahişelik yaparken, yaşamı ve ailesi ile ilişkileri düşünüldügünde ikiyüzlüydü. Alet zorlukla girdi ve parmaklarımın arasında, bir şeylerini, bağırsaklarını parçalayacakmış gibi titremesini hissettim. Bir ayindeymişçesine aklıma gelen cümleleri tekrarlıyor, bir yandan da aleti sokmaya devam ediyordum.

Bu, bilmediğin bir şeye giriştiğin için, ilk vuruş. Bu, göründüğünden daha alçak olduğun için, ikinci vuruş. Bu, senin gibi bir babası olduğunu hiç bilemeyecek olan kızının öcü için... Senin yanında yatan karının öcü için... Beni anlamaya çalışmadığın için... Anlamadığın için, bende var olan gerçekliği, güzelliği kavrayamadığın için! Güzellik, gerçek ve saf olan güzellik, herkeste olan, sende olmayan güzellik için!

Bir sürü vuruş, hepsi sert, katı, kuru ve parçalayıcı. Altımda inleyerek kıvranıyordu, haykırıyordu, zaman zaman ağlıyordu. Deliği genişliyordu, sürtünmeden ve kandan kıpkırmızı olduğunu görüyordum.

"Nefesin kesildi değil mi iğrenç aşağılık!" dedim vahşi bir sırıtmayla.

Yüksek sesle haykırdı, belki de orgazm olmuştu, "Yeter, yalvarırım yeter!" dedi.

Gözlerim yaşlarla dolarken durdum. Onu yatağın üzerinde öylece bıraktım. Alt üst olmuş, tükenmiş, paramparça... Giyindim, çıktım ve avluda kapıcı kadını selamladım. Onunla vedalaşmadım, dönüp bakmadım; çıktım ve gittim, o kadar.

Eve geldiğimde aynaya bakmadım, yatağa yatmadan önce saçlarımı yüz kere fırçalamadım. Yıkılmış yüzümü ve darmadağın saçlarımı görmek bana iyi gelmeyecekti. Canımı yakardı, hem de çok.

4 Mart 2002

Gece karabasanlarla geçti, özellikle bir tanesi beni feci sarstı.

Karanlık ve seyrek bir ormanda koşuyorum. Arkamda karanlık düşünceli kötü insanlar var. Önümde güneşin aydınlattığı bir kule görüyorum. Ancak, aynen Dante'nin varmak istediği, ama kurulmuş üç ayrı panayır nedeniyle ulaşamadığı tepeler gibi, oraya ulaşamıyorum. O kuleye ulaşmamı engelleyen üç panayır değil, Kendini Beğenmiş Melek Surat ve şeytanları, onların ardında, karnı yuttuğu çocuklarla doymuş bir dev ve biraz arkalarındaki hermafrodit[10] bir canavar ve ardındaki sadomazoşist[11] gençlerdi. Ağızları köpürmüş ve bazıları yerde, bedenlerini çorak toprağa sürtünerek güçlükle sürünüyorlardı. Ben, arada bir arkama bakıp bana yaklaşıp yaklaşmadıklarını kontrol ediyordum. Bağırıyorlar ve anlamsız, anlaşılmaz şeyler söylüyorlardı. Önümdeki engeli görmedim ve bir çığlık attım. Gözlerimi faltaşı gibi açtığımda, iyi, yumuşak yüzlü bir adamın elimden tuttuğunu, gizli ve karanlık geçitlerden geçirerek beni kulenin eteklerine götürdüğünü gördüm. Parmağını öne doğru uzattı ve "Merdivenlerden çık ve asla ardına bakma. En tepeye vardığında duracak ve ormanda boş yere aradığın şeyin ora-

---

10. Hem kadın hem de erkek organı olan ya da görüntüsü hem kadına hem de insana benzeyen. (ç.n.)
11. Sadizm: Karşısındakine acı vermek yoluyla cinsel arzusunu doyurma anomalisi, başkalarına acı vermekten cinsel haz duyma. Mazoşizm: Cinsel doyum için bireyin ıstırap duyması, uğrı çekmesi gereken durum. (ç.n.)

da olduğunu göreceksin," dedi.

"Size nasıl teşekkür edebilirim?" diye sordum.

"Koş, diğerleri gelmeden koş!" diye bağırdı başını sallayarak.

"Ama sen benim kurtarıcımsın! Kuleye çıkmama gerek yok, seni buldum ben!" diye bu kez ben, neşe içinde haykırıyordum.

"Koş!" diye yineledi. Gözlerindeki ifade o an değişmeye başladı. Gözleri şimdi kırmızıydı ve açlıkla bakıyorlardı. Ağzından köpükler saça saça kaçıp gitti. Ben, orada, kulenin dibinde, yüreği paramparça kalakaldım.

22 Mart 2002

Bizimkiler bir haftalığına gitmişlerdi, yarın dönüyorlar. Günlerdir özgürdüm ve giriş çıkış saatlerimi ben belirliyordum. Önceleri eve, bana arkadaşlık edecek birilerini çağırmayı düşündüm; birkaç gün önce telefonla konuştuğum Daniele ya da Roberto, bir cesaret gösterip Germano ya da Letizia. Sonra vazgeçip yalnızlığımın tadını çıkardım, kendi kendimle baş başa kaldım, şu son zamanlarda başımdan geçen iyi ve kötü şeyleri düşündüm.

Kendi kendime kötülük yaptığımı biliyorum Günlük. O çok sevdiğimi söylediğim kendime ve kişiliğime saygı göstermemekle kötülük yaptığımı biliyorum. Bir zamanlar sevdiğim gibi sevdiğimden bile kuşkuluyum. Seven biri bedenini, belirli bir nedeni yokken, hatta hatta yapmaya istek bile duymadan, ayrım gözetmeksizin önüne gelen erkeğe hırpalatmaz. Bunları sana, unutabileceğimi salakça umarak gizlemeye çalıştığım bir sırrımı açıklamak için söylüyorum. Bir akşam yalnızdım. Biraz hava almak, biraz da zaman öldürmek için çıkmamın iyi olacağını düşündüm ve her zaman gittiğim bara gittim. Biranın iki yudumu arasında geçen süre kadar kısa bir zamanda herifin biriyle tanıştım. Daha da doğrusu biraz sevimsiz ve pek kibar sayılmayacak biçimde bana yanaştı. Sarhoştum, başım dönüyordu ve biraz ipin ucunu kaçırıp pas verdim. Beni evine götürdü, arkasından kapıyı kapattığı zaman korkmaya başlamıştım. Öylesine korkmuştum ki sarhoşluğum geçiverdi. Gitmem için bırakmasını söyledim, küçük deli gözleri ile bakarak soyunmaya zorladı beni. Korkudan dediğini ve ondan sonra benden istediği her şeyi yaptım. Elime tutuşturduğu vibratör ile içime girmeye zorladı beni. Rahmimin iç duvarlarının feci şekilde yandığını ve derimin parçalandığını hissettim. Ağlıyordum, başımı tutarak ufak ve yumuşak aletini ağzıma götürdüğünde çaresizce istediğini yapıyordum. Amacına ulaşıp boşalamadı ama bu arada benim çenem ve dişlerim dayanılmaz biçimde acıdı.

Kendini yatağa attı ve anında uykuya daldı. İçgüdüsel olarak çekmecenin üzerine baktım. Benim gibi iyi bir fahişenin hakkedeceği para çekmecenin üzerine koyulmamıştı. Banyoya girdim ve bir an bile aynaya yansıyan görüntüme bakmaya cesaret edemeden yüzümü yıkadım. Herkesin olmamı istediği canavarı göreceğimden emindim. Bunu bana yapmalarına izin vermemeliyim, bana yapılmasına izin vermemeliyim. Kirlendim, ve yalnızca aşk, o da varsa.. beni arındırabilir.

28 Mart

Dün Valerio'ya telefonda bir önceki gece başımdan geçenleri anlattım. "Hemen geliyorum" demesini, beni kollarına alıp avutmasını, hiçbir şeyden korkmamam gerektiğini, onun benim yanımda olduğunu söylemesini bekledim. Bunların hiçbirisi olmadı. Azarlayan, acı, hakaret dolu tonda benim bir aptal, bir ahmak olduğumu söyledi ki evet öyleyim, Allah kahretsin öyleyim! Kendimi suçlamak için ben zaten kendime yetiyorum, başkalarının öğütlerine ihtiyacım yok. Ben, beni kucaklayacak ve rahatlatacak birilerini istiyorum.

Bugün okulun çıkışına geldi, böyle bir davranış beklemiyordum, şaşırdım. Motosikletle geldi, gözünde o muhteşem gözlerini kapatan güneş gözlükleri vardı, saçları rüzgârda uçuşuyordu. Arkadaşlarımla bir banka oturmuş laflıyorduk. Saçlarım darmadağınıktı, sırtımda ağır okul çantam vardı ve yüzüm soğuktan kızarmıştı. Yüzünde sinsi, içten pazarlıklı ve suçlayan gülümsemesiyle gördüğümde, bir an için ağzım açık kaldı. Arkadaşlarımın yanından, yarım ağız bir "kusura bakmayın"la ayrıldım ve caddeye, onun yanına doğru koştum. Çocukça, kendiliğinden, bir o kadar da etkileyici biçimde kucağına atladım. Beni görmek istediğini, gülüşümü ve kokumu özlediğini, kendini lolita tarafından zorunlu perhize sokulmuş gibi hissettiğini söyledi.

"Oradaki tektipleştirilmişler ne diye bakıyorlar?" diye sordu, başıyla meydanda bize bakan arkadaşlarımı göstererek.

"Niye böyle söylüyorsun?" diye sordum.

Bana birbirinin aynı, koskocaman bir sürünün üyesi olan

bu türden gençleri, erişkinlerin dünyasından ayırt edebilmek için böyle tanımladığını söyledi.

"Bizi tanımlama biçimin ilginç... Neyse. Motosikletine, cazibene bakıyorlar ve seninle konuştuğum için beni kıskanıyorlar. Yarın bana, dün konuştuğun o çocuk kimdi diye sorarlar".

"Sen de dersin ki?.."

Yanıtını bildiği şeyi sordu.

O kendinden emin tavrına sinir olup, "Gerçeği belki söylerim, belki de söylemem. Kimin ve nasıl sorduğuna bağlı," dedim.

Dudaklarını ıslatan diline, uzun siyah çocuksu kirpiklerine, benimkinin tıpkısı olan burnuna bakıyordum. Kulağına yaklaşıp, "Bana sahip olmanı istiyorum, şimdi, herkesin önünde," diye fısıldadığımda, kabarmaya başlayan aletini gördüm.

Bana baktı, içinde yoğunlaşmaya başlayan uyarılmayı kontrol altında tutmaya çalışırken dudaklarını sinirli sinirli gerdi ve "Loly, Loly... Beni çıldırtmak mı istiyorsun?" dedi.

Hafifçe başımı sallayarak onayladım, bir gülücükle iyice vurgulayarak.

"Kokunu duymak istiyorum Lo".

Duru, pürüzsüz boynumu sundum. Vanilya ve muskat karışımı kokumu içine, ciğerlerine derin derin çekti. Sonra, "Artık gitmeliyim Lo," dedi.

Gidemezdi, artık sonuna kadar oynanacaktı oyun.

"Bugün nasıl bir külot giydiğimi bilmek ister misin?".

Motorunu çalıştırmak üzereyken afalladı, bana döndü ve dumanlanmış başı ile evet diye yanıtladı.

Önümü, pantolonumun düğmelerini çözmek için hafifçe açtım ve külot giymediğimden emin oluncaya kadar düğmelerini çözmeye devam ettim. Yanıt ararcasına yüzüme bakakalmıştı.

"Genellikle külotsuz çıkıyorum sokağa, böyle dolaşmak hoşuma gidiyor," dedim. "Seninle ilk defa yaptığımız akşam da yoktu, hatırlıyor musun?".

"Sen böyle böyle beni çıldırtacaksın," dedi.

Yüzüne yaklaştım ve aramızdaki mesafeyi tehlike sınırına kadar azalttım. "Evet," dedim dik dik gözlerinin içine bakarak, "Yapmak istediğim şey de tam tamına bu".

Uzun uzun birbirimize öylece baktık, tek sözcük etmeden. Arada başıma başı ile hafifçe vuruyor ve gülüyordu. Kulağına yaklaştım ve "Bu gece ırzıma geç," dedim.

"Yoo, yo Lo. Tehlikeli bu iş".

"Irzıma geç!" dedim muzırca ve korku verecek tonda.

"Nerede Mel?"

"İlk defa gittiğimiz yerde".

29 Mart
1:30

Arabadan indim ve onu arabada bırakarak kapıyı kapattım. O karanlık ve çok dar yollardan ilerlemeye başladım. O arabada, beni izlemeden önce biraz bekleyecekti. Kötü döşenmiş yolu tek başıma geçtim. Uzaktan denizin sesi geliyordu, onun dışında hiçbir ses duyulmuyordu. Yıldızlara bakıyordum, o bir yanıp bir sönen varlıklara. Sanki olmayan seslerini duyabilecekmişim gibi geliyordu. Sonra arabanın motor sesi ve farların ışığı... Sakinliğimi korudum, her şeyin önceden konuştuğumuz gibi gelişmesini istiyordum; o cellat, ben kurban olacaktık. Bedeni kurban edilmiş, aşağılanmış ve boyunduruk altına alınmış ben. Akıllarımız söz konusu olduğunda, benimki ile onunki arasında, buyrukları yalnızca ben veririm. Bütün bunlar benim aklımın ürünü, ben istiyorum ve egemen güç benim. O gerçekte egemen olmayan bir güç; benim kölem olan bir güç, benim isteklerimin ve kaprislerimin kölesi olan bir egemen güç.

Arabayı yaklaştırdı, farları söndürdü, motoru kapattı ve indi. Hiçbir şey hissetmediğimi düşündüğüm anda, birkaç saniyeliğine bile olsa kendimi yeniden yalnız duyumsamaya başladım. İşte, duyuyorum, yavaş ve sakin adımlarla yaklaşıyor ama hızlı ve soluk soluğa kalmış gibi nefes alıp veriyor. Tam arkamda olduğunu hissediyorum, nefesi ensemde sanki. Beklenmedik bir biçimde ürküyorum. Daha istekli izlemeye başladı, bana doğru yaklaştı ve kolumdan yakalayarak duvara çarptı.

Sesini değiştirerek, "Güzel popolu küçük hanımlar sokaklarda tek başlarına dolaşmamalılar," dedi.

Bir eliyle kolumu bükerek acıtıyor, diğer eliyle yüzümü duvara doğru itiyordu, yüzümü çamurlu ve pürtüklü yüzeye doğru bastırdı.

"Rahat dur!" diye buyurdu.

Bir sonraki hamleyi bekliyordum. Heyecanlanmıştım, aynı zamanda da korkmuştum ve bana saldıran sevgili tatlı öğretmenim değil de tanımadığım biri olsaydı ne yapardım diye düşündüm. Sonra, birkaç gece önce ruhuma durmamacasına yapılan onca saldırıyı hatırlayınca, bu düşünceyi aklımdan çıkardım. Ve ben bir kez daha şiddet istiyordum, dayanamayacağım noktaya gelinceye kadar şiddet. Alıştım çünkü, belki de o olmaksızın yapamıyorum artık. Bir gün şefkat ve incelik kapımı çalsa ve içeri girmek istese herhalde artık garip gelir. Şiddet beni öldürüyor, çökertiyor, kirletiyor ve benimle besleniyor; ama ben onunla ve onun için yaşıyorum, ben de ondan besleniyorum.

Boşta kalan elini pantolonunun ceplerini karıştırmak için kullandı. Beyaz bileklerimi kuvvetle sıkıyordu. Beni bir anlığına bıraktı ve eliyle cebinden çıkarttığı şeyi tuttu. Mendil gibi bir bez parçasıydı ve gözlerimi örtecek biçimde yüzümün üst tarafını kapattı.

"Böyle çok güzel oldun," dedi "Şimdi eteğini kaldıracağım şıllık, sakın ha konuşma ve bağırma!".

Ellerini külodumun içine daldırdı ve parmaklarıyla okşamaya başladı. Sonra bana şiddetli bir tokat attı, acıdan inledim.

"Yoo, olmaz... Sesini çıkartmamanı söylemiştim".

"Bana bağırmamamı ve konuşmamamı söylemiştin. Ben sadece inledim," diye fısıldadım, bunun için de cezalandırılacağımı bile bile.

Nitekim, öncekinden daha şiddetli bir tokat attı. Bu defa gıkımı çıkartmadım.

"Aferin Loly, aferin sana".

Eğildi, elleriyle beni duvara doğru itmeye devam ederken, şimdiye kadar şiddet uyguladığı kalçalarımı ve kuyruk sokumumu öpmeye başladı. Yalamaya başladığında sahip olunma arzum artmaya başlamıştı, kendime engel olamıyordum. İsteğimi anlamasına çalışarak sırtıma öne doğru kıvırdım.

Yanıt olarak bir tokat daha geldi.

"Ben söylediğim zaman!" diye buyurdu.

Yalnızca sesleri ve bedenimde dolaşan ellerini hissediyordum, görmemi engellemişti, şimdi de doyumun doruklarına ulaşmamı engelliyordu.

Bileklerimi bıraktı, artık tümüyle bana dayanmıştı. İki eliyle iki göğsümü tuttu, tutmasını engelleyebilecek herhangi bir şey de yoktu. Sıktı, canımı acıttı, kızgın maşaya benzeyen parmaklarıyla sıkıştırmaya devam etti.

"Yavaş," diye fısıldadım incecik bir sesle.

"Hayır, ben nasıl istiyorsam öyle olacak!" dedi çok şiddetli bir tokadın eşliğinde. Eteklerimi kalçalarıma kadar sıyırırken "Biraz daha direnmek isterdim ama yapamıyorum. Beni çok fazla kışkırtıyorsun ve senin arzularını yerine getirmekten başka elimden bir şey gelmiyor," dedi.

Tek hamlede dibime kadar girdi, içimi tamamı ile uyarılmış ve denetlenemez tutkusuyla doldurdu.

Güçlü, hem de çok güçlü bir orgazm tüm bedenimi sardı, sırtımın yırtılacağını bile bile kendimi tüm ağırlığımla duvara yasladım. Beni tuttu. Boynunda sıcacık nefesini duydum, soluk soluğa kalmıştı, nefesi beni rahatlatıyordu.

Uzun süre orada öylece kaldık, öyle uzun bir süre ki hiç bitmesin istedim. Arabaya giden yol gerçeğe, soğuk ve acımasız gerçeğe dönüş yoluydu. O an bunun kaçınılamaz gerçeklik olduğunun ayırdına vardım; ruhlarımızın vardığı anlaşma orada bitmeliydi. Koşullar ikimize, ruh ve bedensel olarak, bir bütün olarak birbirimizin olmamıza izin vermeyecekti.

Dönüş yolunda, Katanya'yı geç saatlerde sarmalayan trafikte, gözlerime baktı, güldü, "Loly, seni seviyorum," dedi. Elimi tuttu, dudaklarına götürdü ve öptü. Loly, Melissa değil. O Loly'yi seviyor, Melissa'nın sözünü ettiğini hiç duymadım.

4 Nisan 2002

Günlük,
Bir otel odasında yazıyorum, İspanya'da, Barselona'dayım. Okul gezisindeyiz, her ne kadar zaman kaybı olarak gördüğüm müzeleri gezmek istemediğimi söylediğimde yüzüme ters ters bakan dar kafalı ve ekşimik suratlı öğretmen hanım olsa da, çok eğleniyorum. Bir yeri tarihini tanımak için gezmeyi hiç anlamıyorum. Tamam o da önemli de, sonradan ne işime yarayacak?

Barselona, derinliklerinde hüzün de olsa öyle canlı ve neşeli ki. Güzel ve çekici bir kadın gibi, derin ve hüzünlü gözleri insanın ruhuna işliyor. Bana benziyor. Gece, tıklım tıklım dolu mekânların olduğu ve her türden insanın dolaştığı caddelerde dolaşmak isterdim, ama, insanı geceyi diskotekte geçirmeye zorluyorlar. Gırtlağına kadar alkole batmamış birisini bulabilirsen iyi hoş da... Dans etmeyi sevmiyorum, sıkılıyorum. Kaldığım odada kıyamet kopuyor; kimi yatakların üstünde hopluyor, kimi sangria[12] içiyor, kimi tuvalete kusuyor, ben çıkıyorum, Giorgio kolumdan çekeliyor...

7 Nisan

12. Su, kırmızı şarap, şeker, limon, portakal ve kimi zaman sıkılmış değişik meyvelerin de eklenebildiği, buzlu içilen içki. (ç.n.)

Melissa P.

Yarın eve döneceğiz. Dönmek istemiyorum. Benim evim burası. Halimden memnunum, güvenli, mutlu, aynı dili konuşmadığımız halde beni anlayan insanlar arasında. Fabrizio'nun ya da Roberto'nun telefon etmediği ve isteklerine bir gerekçe uydurmak zorunda kalmadığım bir ortam ne konforlu bir ortammış meğer. Geç saatlere kadar, daha sonra yatağına girmek ve bedenimi vermek zorunda olmadığımı bildiğim Giorgio ile konuşmak ne rahatlatıcıymış.

Nereye saklandın Narkissos?[13] Hani kendini çok seviyordun, kendine gülümsüyordun? Vermek ve almaktan hoşlanıyordun? Düşlerinle, ümitlerinle, deliliklerinle, çılgın yaşantınla nereye gittin? Aynaya yansıyan görüntü nerelerdesin, seni nerelerde arayayım, nerede bulayım, nasıl elimde tutayım?

4 Mayıs 2002

Okul çıkışında Letizia'yı gördüm. Yuvarlak yüzünde, annemin altmışlı yıllara ait fotoğraflarında gördüğüm gibi gözlüklerle karşıma çıkıverdi. Yanında iki kız vardı, ikisinin de yüzlerinden lezbiyen oldukları akıyordu.

Bir tanesinin ismi Wendy. Benim yaşımda ama gözlerindeki ifade çok daha büyük birine aitmiş gibi. Diğerinin ismi Floriana, Letizia'dan biraz küçük.

"Seni göresim gelmişti," dedi Letizia gözlerimin içine bakarak.

---

13. Gerek Yunan gerekse Latin mitolojisinde sık sık öykülere konu olur. Bir öyküde Tanrı Zeus'un yarattığı çiçektir nergis. Bir diğer öyküde ise, Tanrıların verdiği "başkalarını sevmeyen kendini sevsin" cezasına çarptırılan yakışıklı delikanlıdır. (ç.n.)

"Gelmen çok iyi oldu. Ben de seni gördüğüme sevindim," diye yanıtladım.

Bu arada öğrenciler okuldan çıkıyor ve okulun önündeki küçük meydanda yerlerini alıyorlardı. Çıkan çocuklar merakla bize bakıp gülüyorlar ve aralarında konuşuyorlardı. Her zamanki gibi salak, kaba ve geri kafalı yorumları ile dedikodu yapıp, gözlerini kırpıp burun kıvırıyorlardı. Annelerinin sabah okula gitmeden önce ördüğü saçlarıyla oynarlarken, benim hakkımda söyleyebileceklerini de tahmin edebiliyordum: "Şuna bak, kimlerle dolaşıyor. Onun bi garip olduğunu hep söylemiştim zaten...".

Letizia benim zor durumda kaldığımı anlayarak, "Derneğe yemeğe gidiyoruz, bizimle gelmek ister misin?" dedi.

"Hangi derneğe?" diye sordum.

"Eşcinseller Derneğine. Anahtarları bende, bizden başka kimse olmayacak," dedi.

Kabul ettim. Scooter'ımı aldım. Letizia arkama bindi, göğüslerini sırtıma yasladı, nefesini de boynuma. Yol boyu çok güldük. Ben motosikletimin arkasında bir ağırlığın olmasına alışık olmadığımdan yalpalıyor, denetimimi kaybediyordum. O, önümüzden geçen yaşlı kadınlara küfürler savuruyor, bir yandan da göğsümü kolları ile sarıyordu.

Letizia kapıyı açtığında bambaşka bir dünyayla karşılaşmış gibi oldum. Herhangi bir ev gibiydi, sahibinin tek kişi değil bir grup eşcinselin olduğu. Her şey düşünülmüştü. Öyle ki kitaplıkta, kitapların arasında, içinde prezervatiflerin olduğu bir kutu bile koyulmuştu. Masanın üzerinde eşcinsel dergileri, moda dergileri, birkaç motor dergisi ve hatta tıp dergileri bile vardı. Bir kedi odalar arasında dolaşıp her bacağa sürtünüyordu. Şu an bile, çalışma masamın altında büzülmüş uyuyan, nefes alış verişi duyulan güzeller güzeli kedim Morino'yu okşar gibi okşadım onu.

Acıkmıştık. Letizia ve Floriana, sokağın köşesindeki dükkândan pizza almayı önerdiler. Onlar çıkarken Wendy sersem sersem bakan gözleri ve şapşal, mutlu yüzü ile bana bakıyordu. Sıçraya hoplaya yürüyordu, deliye benziyordu. Onunla yalnız kalmaktan korktum. Kapıyı açıp yüksek sesle Letizia'ya bağırdım ve benim de onlarla gelmek istediğimi, yalnız kalmayı canımın istemediğini söyledim. Arkadaşım durumu kavradı hemen ve gülümseyerek Floriana'ya onun dernekte kalmasını rica etti. Pizzaların pişmesini beklerken hemen hemen hiç konuşmadık. Sonra ben, "Uff. Amaaan, parmaklarım dondu!" dedim.

Letizia muzır muzır ama aynı zamanda da alaycı baktı ve "Mmm... Bu bilgiyi verdiğin iyi oldu, dikkate alacağım," dedi.

Dönüş yolunda Letizia'nın bir arkadaşıyla karşılaştık. Her şeyi yumuşacıktı; yüzü, teni, ses tonu. Öylesine tatlıydı ki içim neşeyle doldu. O da bizimle geldi ve kızlar sofrayı hazırlarken, biz divanın üzerinde oturup biraz konuşma fırsatı bulduk. Her ne kadar açık saçık kravat deseni, finans çevrelerinin buz gibi soğuk evreni ile çelişkili gözükse de, bir bankada memur olarak çalıştığını söyledi. Sesi üzgün çıkıyordu ama ne olduğunu sormak gereksiz bir düşüncesizlik olurmuş gibi geldi. Kendimi onun gibi hissettim. Sonra Gianfranco gitti ve biz dört kız kaldık. Masanın etrafında laflayıp gülüşüyorduk. Daha da doğrusu sürekli ben konuşuyordum. Letizia bana dikkatlice bakıyordu, yattığım erkeklerden birkaçını anlattığımda iyice bozulmuştu.

Sonra kalkıp bahçeye çıktım. Bakımlıydı ama pek iyi düzenlenmemişti. Yüksek palmiye ağaçları, gövdesi dikenli, dallarında pembe büyük çiçekleri olan garip ağaçlar vardı. Daha sonra Letizia da geldi, arkamdan kolları ile sarıldı ve dudaklarını boynumda dolaştırarak öptü.

İçgüdüsel olarak döndüm ve sıcak, son derece yumuşak dudakları ile karşılaştım. Şimdi erkeklerin kadınları öpmeyi neden bu kadar çok sevdiklerini anladım. Bir kadının ağzı o denli masum ve saf ki. Benim bugüne kadar karşılaştığım erkekler, dillerini kabaca ağzımın içine doldurup geriye hep yıvışık bir salya tadı bıraktılar. Letizia'nın öpücüğü ise farklıydı, kadife gibi yumuşacıktı, taptaze ama aynı zamanda da tutku yüklüydü.

Yüzümü ellerinin arasına alıp, "Bugüne kadar sahip olduğum en güzel kadınsın," dedi.

"Sen de öylesin," dedim. Bunu neden söylediğimi bilmiyorum, Letizia benim ilk kadınım olduğuna göre, söylediğim anlamsız kaçıyordu.

Rolleri değiştirdik, Letizia benim yerime geçti. Bu kez, bedenimi bedenine sürterek oyunun denetimini eline alan bendim. Onu sıkıca kucakladım ve kokusunu içime çektim. Sonra beni diğer odaya götürdü, pantolonumu indirdi ve birkaç hafta önce başlattığı o tatlı işkenceyi sonlandırdı. Dili içimi eritiyordu ve bir kadının ağzından gelecek orgazm düşüncesiyle ürperiyordum. Altımda diz çökmüş dururken, beni yalarken, hazdan öne doğru kıvrılmışken gözlerimi kapatıp korkmuş bir tavşan gibi ellerimi önümde kavuşturmuşken, aklıma, küçükken düşlemimde benimle sevişen yüzü belirsiz küçük adam geldi. Tanınmayan küçük adamın yüzü yoktu, renksizdi; doyuma ulaşmam için kullandığım erkeklik organı ve dilden oluşmuştu yalnızca. İşte o an güçlü ve nefes kesen bir orgazma ulaştım. Ağzı salgılarımla doluydu. Gözlerimi açtığımda onu gördüm: Kesinlikle beklemediğim bir biçimde, bir eli külodunun içinde, belki de benim ulaştığımdan çok daha bilinçli, içten ve onun için de gelmiş olan hazdan iki büklüm kıvrılmış olarak.

Sonra divana uzandık ve sanırım biraz uyuduk. Güneş batmış, hava kararmıştı. Beni kapıya kadar geçirdiğinde ona, "Lety, bir daha görüşmesek iyi olur," dedim.

Başıyla onayladı, yumuşacık gülümsedi ve "Ben de öyle düşünüyorum," dedi.

Son kez birbirimizi öptük. Motosikletimle eve dönerken bininci kez kullanıldığımı düşündüm, hem kendi kötü içgüdülerim hem de başkaları tarafından.

18 Mayıs 2002

Dün, soğuk algınlığından yatarken, bana bir öykü anlatan annemin huzurlu ve güven veren sesini duyduğumu anımsıyorum.

"Çok güç ve hiç istenmeyen bir şey, bazen büyük bir armağanı müjdeleyen bir şey olabilir. Biliyor musun Melissa, haberimiz olmadan sık sık hediyeler alıyoruz. Bu masal gencecik bir hükümdarın, bir krallığın yönetimini üstlenmesinin öyküsü. O daha kral olmadan önce de sevilen birisiymiş ve buyruğu altındaki yurttaşları, taç giyme töreni şerefine bir sürü hediye getirmiş. Törenden sonra çiçeği burnunda yeni kral sarayında akşam yemeğini yiyormuş ki kapı çalınmış. Uşaklar kapıyı açmışlar. Dışarıda dilenci kılıklı, giysileri lime lime, yaşlı bir adam duruyormuş. Yeni hükümdarı görmek istediğini söylemiş. Uşaklar, yaşlı adamı oradan uzaklaştırmak için ellerinden ne geldiyse yapmışlar, ama boşuna. O zaman kral dışarı çıkıp yaşlı adamı görmek istemiş. Yaşlı adam kralı övgülere boğmuş, onun ne kadar iyi bir insan olduğunu, tebaasındaki herkesin onun hükümdar olmasından nasıl memnun olduğunu söylemiş. Ona armağan olarak bir kavun getirdiğini söylemiş. Kral kavunu hiç sevmezmiş. Ama yaşlı adamı kırmamak için kavunu teşekkür ederk kabul etmiş. Yaşlı adam bunun üzerine oradan uzaklaşmış. Kral sarayına girmiş ve meyveyi arka bahçeye atmaları için uşaklarına vermiş.

Bir hafta sonra sarayın kapısı bir kez daha çalınmış. Kral bir kez daha kapıya çağrılmış, yaşlı dilenci yine onu övmüş ve bir kavun daha getirdiğini söyleyerek krala sunmuş. Kral bir kez daha kavunu kabul etmiş, teşekkür etmiş ve kavunu yeniden bahçeye attırmış. Aynı şey haftalar boyunca devam etmiş; kral yaşlı adamı geri çevirmeyecek ve hediye vermedeki gönül yüceliğini takdir edecek kadar kibar birisiymiş.

Sonra bir akşam, yaşlı adam tam da krala kavunu vereceği sırada, sarayın revaklarından birinden bir maymun fırlamış ve kralın elindeki kavunu yere düşürmüş. Kavun, sarayın tam önünde paramparça olmuş. Kral düşen kavuna bakmış ve gözlerine inanamamış, kavunun içinden yağmur gibi pırlantalar dökülüyormuş. Hemen arka bahçeye koşmuş ki ne görsün? Yaşlı adamın getirdiği kavunlar dağılmış ve bahçeyi mücevher tarlasına dönüştürmüş".

Annemi susturdum ve bu güzel masaldan etkilenmiş olarak "Masaldan dersi ben çıkartabilir miyim?" dedim.

Güldü ve "Tabii ki çıkartabilirsin," dedi.

Ders tekrarlarken yaptığım gibi derin bir nefes aldım ve, "Bazen olumsuzluklar, sorunlar ya da zorluklar olgunlaşma belirtilerini gizlerler. Çoğu zaman zorlukların göbeğinde değerli bir mücevher parıldar. Bu nedenle olumsuzluklara ve zorluklara göğüs germek bilgeliktir".

Bir kez daha güldü, saçlarımı okşadı ve, "Artık büyümüşsün küçüğüm. Sen bir prensessin," dedi.

İçinden ağlamak geliyordu ama kendimi tuttum. Annem bilmiyordu ama kralın pırlantaları benim için, sevmeyi bilmeyen kaba adamların vahşi hayvanlıklarıydı.

20 Mayıs

Bugün öğretmenim okul çıkışında beni görmeye kapıya geldi. Onu bekliyordum, çok farklı bir külotla birlikte yazdığım mektubu verdim.

Bu külot aslında benim. Beni en iyi betimleyen şey bu. Sallantılı iki bağcığı olan bu garip şey küçük Lolita'dan başka kimin için tasarlanmış olabilir ki?

Bana ait olmasının ötesinde beni ve bedenimi sembolize ediyor.

Belki seninle değil, ama bu külot üstümdeyken çok seviştim. Gerçi ne önemi var ki... O bağcıklar duygularımı ve içgüdülerimi engelleme görevi üstleniyor. O iki bağcık, tenimde iz bırakmanın ötesinde duygularımı dizginliyor. Bedeni-

*mi bu külotu giymiş, çıplak olarak düşle: İlk düğüm çözül-
düğünde ruhumun yalnızca bir bölümü, Duygusallığım, öz-
gürlüğüne kavuşacak. Ruhumun Aşk tarafı, karşı taraftaki
düğüm çözülmediğinden hâlâ engellenmiş olarak kalacak.
Böylelikle, duygusallık tarafındaki bağcığı çözen biri, bende
yalnızca bir kadın, bir çocuk yani bir dişiyi görecek ve yal-
nızca cinselliğimi ele geçirebilecek. Yalnızca bir yarımı. Bü-
yük bir olasılıkla çoğu zaman benim de istediğim şeyi ele ge-
çirmiş olacak. Aşk tarafını çözen birine ise derinliği olma-
yan ufak bir bölümü düşecek. Günün birinde belki duygula-
rı özgür bırakmak isteyen birisi çıkıp gelecek. Bu, her iki ta-
rafın da anahtarını elinde bulunduran bir gardiyan olacak.
İşte o zaman Aşk ve Duygusallık özgür kalacak ve uçup gök-
lere yükselecek. Kendini iyi, özgür ve mutlu hissedeceksin,
bedenin ve aklın artık senden hiçbir şey beklemiyor olacak;
istekleri için sana eziyet çektirmeyecek. O hassas, içini titre-
ten sırrı okşaya okşaya ortaya çıkartacak olan el, yalnızca
ve yalnızca o elin var olduğunun düşüncesi bile, bedenini ve
ruhunu ısıtmaya yetecek.*

*Tam tamına o Aşk ve Duygusallık tarafımın orta yerinde
duran yanımı içime çekiyorum: Salgılarımın arasından sü-
zülerek çıkan o şey Ruhum.*

*Düzüşmek için doğduğumu söylediğinde haklıydın. Gör-
düğün gibi Ruhum da arzulanmak istiyor ve bunun için ko-
kusunu, dişilik kokusunu yayıyor. Belki de özümü ortaya çı-
kartan el senin elin, sevgili öğretmenim.*

*Yalnızca senin koku alma duygun salgılarımı, Ruhumu
algılamaya cesaret edebildi. Dengesizsem bunun için bana
kızma öğretmenim. Çünkü yarın, bir kez ele geçirdiğim bir*

şeyi yitirdiğim için pişmanlık duymak istemiyorum. Bu şey içimde, iyi yağlanmamış bir kapı gibi gıcırdıyor, sesi kulaklarımı sağır ediyor. Senin yanındayken, senin kollarındayken, ben ve külodum herhangi bir engelle karşılaşmıyor ve zincire vurulmuyor. Ancak o iki ruh yükselmeleri sırasında bir duvara çarptılar. Zamanın korkunç ve adaletsiz duvarına. Zaman biri için yavaş geçerken diğeri için çok hızlı geçiyor. Bir dizi sayı bizi birbirimizden uzak tutuyor; matematiğe yatkın zekânın, bu güç denklemden çıkış yolunu bulmasını umuyorum. Tek bu da değil, her ne kadar ikisini de özgürleştirdiysen de yalnızca bir tarafımı tanıyorsun. Yaşamasını istediğim yalnızca o tarafım değil. Burası bir dönemeç. İlişkimize bir yön verme, ilişkimizin daha "özlü", biraz daha derinlikli olması kararını sen vereceksin. Sana güveniyorum.

Senin olan
Melissa

23 Mayıs
15:14

Valerio nerede? Beni niçin bir öpücük bile vermeden terk etti?

29 Mayıs 2002
2:30

Gözlerim yaşlı Günlük, uçsuz bucaksız bir neşeyle ağlıyorum. Mutluluğun ve neşenin var olduğuna hep inanmışımdır. Bir sürü yatakta, birçok erkekte hatta bir kadında, asıl kendimde arayıp sonra da yitirdiğim şey. Onu çok bilinen ve sıradan bir yerde buldum. Ve de bir insanda değil, bir insanın bakışlarında yakaladım. Ben, Giorgio ve diğer arkadaşlar, bizim evin hemen altında, yani denizden 50 metre uzaklıkta, yeni açılan bir mekâna gitmiştik. Yeni bir Arap lokantası. Masaların etrafında göbek atan ve servis yapan dansözler var. Yerlere yastıklar ve halılar atılmış. Mum ışığı ve tütsü kokusu var. Ağzına kadar doluydu ve oturabilmek için masaların boşalmasını beklemeye karar vermiştik. Ayaklı bir lambaya dayanmış, Fabrizio ile kötü biten telefon konuşmamızı düşünüyordum. Onu ve hiçbir şeyini bir daha görmek istemediğimi söylemiştim. Ağlamaya başlamış ve bana her şeyi verebileceğini söylemişti. Tabii ki kastettiği şey para, para, para!

"Eğer insanlara böyle davranıyorsan, sağol ama ben almayayım. Yine de önerin için teşekkür ederim," demiştim alaycı tonda. Telefonu suratına kapatmış, ondan sonraki hiçbir aramasına yanıt vermemiştim. Yemin ederim ki, bundan sonra da hiçbir telefonunu açmayacağım. O adamdan nefret ediyorum. O bir solucan, iğrenç bir yaratık, ona kendimi bir ödül gibi sunmayacağım.

Bütün bunları ve Valerio'yu düşünüyordum. Kaşlarımı çatmıştım ve gözlerim bir noktaya dalıp gitmişti. O huzursuz düşüncelerden sıyrıldığım anda onun gözleriyle karşılaştım. Kim bilir ne zamandan beri bana bakıyordu. Bakışları tatlı ve yumuşacıktı. Kısa aralıklarla bir o bana, bir ben ona baktık. Bakışlarımızı kaçırıyor, sonra yeniden, elimizde olmaksızın, birbirimizin içine düşüyorduk. Bakışları derin ve yalansızdı. Bu kez, sonradan canımı acıtacak ve cezalandıracak anlamsız düşlere dalıp kendimi kandırmak istemiyordum. Bakışlara gerçekten inandım. Gözlerine bakıyordum. Bana odaklanmışlardı ve sanki beni sevdiğini, gerçekten tanımak istediğini söyler gibiydiler. İnceden inceye gözlemlemeye başladım. Bağdaş kurmuş oturuyordu, elinde sigara vardı, dolgun dudakları, belirgin ama dikkat çekici bir burnu, Arap prenslerininkine benzeyen gözleri vardı. Başka hiç kimseye bakmıyordu, yalnızca bana bakıyordu. Hem de yolda yürürken yanımdan geçen adamların baktığı gibi değil, önyargısız ve yalın bakıyordu. Hangi saçma nedenle bilmiyorum ama gülmesim gelmişti, yüksek sesli bir kahkaha patlattım ve işin kötüsü kendime engel olamıyordum. İçimden taşan neşe, bir gülücükle sınırlandırılamayacak kadar büyüktü. Giorgio da bana bakarak gülüyor ve ne olduğunu soruyordu. Bir elimle merak etmemesini işaret ettim ve beklenmedik patlamamı aklamak istercesine ona sarıldım. Başımı bir kez daha ona doğru çevirdim ki bana bakarak gülüyor ve beni o beyaz muhteşem dişlerini görme mutluluğuna eriştiriyordu. O dakika kendimi sakinleştirdim ve içimden, "Hadi bakalım Melissa, elinden kaçır. Salak, beyinsiz ve aptal biri olduğunu göster... Hemen de ver, bekletme sakın!" diyordum.

Ben bunları düşünürken bir kız yanına gelip oturdu ve saçlarını okşamaya başladı; kıza bir anlığına baktı ve beni daha iyi görebilmek için yana doğru kaydı.

Giorgio dikkatimi, "Meli, başka bir yere gidiyoruz. Midem kazınıyor, daha fazla bekleyemeyeceğim," diyerek dağıttı.

"Hadi be Giorgio'cum, on dakika daha bekleyelim, hadi, boşalır şimdi..." dedim çünkü o bakışlardan uzaklaşmak istemiyordum.

"Niye burada kalmayı istiyorsun ki? Ayağının altına birileri mi dolanıyor yine?".

Güldüm ve başımı salladım.

İçini çekti ve "Hadi Melissa, bu konuda uzun uzun konuşmadık mı seninle? Sakin sakin bekle, güzel şeyler kendiliğinden gelir," dedi

"Ama bu sefer farklı. Hadi, ne olursun..." dedim şımarık bir çocuk gibi.

Bir kez daha iç geçirdi ve etraftaki yerlere bakmaya gittiklerini, eğer boş yer varsa, tartışmaksızın benim de onlarla gitmek zorunda olduğumu söyledi.

"Tamam," dedim, o saatte boş yeri "biraz zor" bulacaklarını düşünerek. Her masasının üzerinde Japon şemsiyeleri olan dondurmacıya girdiklerini gördüm, lambaya daha da dayanarak elimden geldiğince ona bakmamaya çalıştım. Göz ucuyla yerinden kalktığını gördüm, yüzümün kızardığına eminim, ne yapacağımı bilmez haldeydim, telaş içindeydim. Yüzümü caddeye dönerek gelen geçen arabalara, sanki birini bekliyormuşum gibi bakmaya başladım. Hint ipeğinden yapılmış pantolonum denizden hafifçe esen rüzgârdan uçuşuyordu.

Arkamdan sımsıcak ve derinden gelen sesini duydum: "Ne bekliyorsun?"

Birden aklıma, babamın ben küçükken çıktığı bir seyahat dönüşünde getirdiği masal kitabında okuduğum o eski tekerleme geldi. Doğaçlama ve beklenmedik biçimde ona dönerek tekerlemeyi söylemeye başladım:

"Bekliyorum, bekliyorum, gecenin karanlığında,
Biri çalmış olsun diye umuyorum kapıyı açtığımda,
İyi yazgı gelsin diye kötüsü gittiğinde,
Şart şurt bilmeyen biri gitsin öteki geldiğinde".

Yüzlerimiz ciddi ciddi birbirine dönük, bir süre konuşmadan durduk. Sonra ikimiz de patladık ve katıla katıla güldük. Yumuşacık elini uzattı, yavaşça ama kararlılıkla sıktım.

"Claudio," dedi gözlerimin içine bakmayı sürdürerek.

"Melissa," diyebildim nasıl olduysa.

"Az önce söylediğin şey neydi?".

"Ne? Haa, az önceki mi? Masalda geçen bir tekerleme, yedi yaşımdan beri ezbere bilirim".

Anladığını ifade ederek başını salladı. Yine bir sessizlik, panikleme korkusu sessizliği. Benim sevimli ve saf arkadaşımın koşarak gelmesi ile bozulan bir sessizlik. "Akıllım, gel yer bulduk, seni bekliyoruz!".

"Gitmem gerek," dedim fısıldayarak.

"Kapını çalabilir miyim?" dedi usulca.

Kendini beğenmişlikten değil, orada bitmesini istememekten kaynaklanan bu atılganlık karşısında afalladım.

Hafif nemli gözlerimle kabul ettim ve sonra, "Bu taraflarda beni sıkça görebilirsin, şurada oturuyorum," dedim bizim evin balkonunu göstererek.

Vedalaştık, bir kez daha bakmak için arkamı dönmedim, bir şeyleri yıpratmaktan korktum.

Sonra Giorgio sordu: "Kimdi o Allah aşkına?".

Güldüm ve "Şart şurt bilmeyeni kovan öteki," dedim.

"Ne?" dedi anlamamış suratıyla.

Gülmeye devam ederek yanaklarını sıktım ve "Yakında anlarsın, sakin ol," dedim.

4 Haziran 2002
18:20

Şaka yapmıyorum Günlük! Gerçekten bana serenat yaptı.Yoldan geçenler merakla bakıyorlardı, ben balkonda deli gibi gülüyordum. Şişman ve kırmızı suratlı bir adam eski bir gitar çalıyordu ve o, detone sesi ile şarkı söylüyordu. İnanılır ve dayanılır gibi değildi! Dayanılmaz, çünkü şarkının sözleri gözlerimi doldurdu, kalbim pıt pıt atıyordu. Sevdiğinin aşkından gözüne uyku girmeyen bir adamın öyküsüydü, tatlı ve insanın içini eriten bir ezgisi vardı. Aşağı yukarı şunu diyor:

Mi votu e mi rivotu suspirannu
passu li notti'nteri senza sonnu
e li biddizzi tò vaju cuntimplannu
ti penzu di la notti fino a jornu
Pi tia non pozzu n'ura ripusari
paci non havi chiù st'afflittu cori
Lu vò sapiri quannu t'aju a lassari
Quannu la vita mia finisci e mori.[14]

Seni ne zaman terk edeceğim biliyor musun? Yaşamım

14. Şarkı, Sicilya aksanı ile söylenmektedir.
Bir sağa bir sola dönüyorum iç çekerek / uykusuzum geceler boyu / düşlüyorum seninle geçen güzel günlerimi / sabahlara kadar seni düşünüyorum. / Bana dinlenmek haram / yüreği tutuşmuşa huzur vermiyorsun. / Bilmek ister misin senden ne zaman vazgeçeceğim? / Yaşamım bitip öldüğümde. (ç.n.)

tükenip öldüğümde...

Çok çok güzel bir flört etme biçimi, çok zarif bir kur yapmaydı. Gelenekseldi, hatta belki pek beylikti ama insanın içine işleyen hoşluktaydı.

Bitirdiğinde balkondan bağırdım gülerek, "Şimdi ne yapmam gerekiyor? Yanlış bilmiyorsam, eğer duygularını paylaşıyorsam odamın ışığını açmalıyım, ama eğer reddediyorsam içeri girip ışığı sönük tutmam gerekiyor".

Herhangi bir yanıt vermedi ama ben ne yapmam gerektiğini çok iyi biliyordum. Hızla içeri girdim. Koridorda koşarken neredeyse babamı düşürüyordum. Bana meraklı gözlerle aşağıda şarkı söyleyenin kim olduğunu sordu. Gülerek benim de bilmediğimi söyledim.

Merdivenlerden koşarak indim. Olduğum gibi, şortum ve fanilamla giriş kapısını açtım ve ondan sonrasında ne yapacağımı bilmez halde kalakaldım. Ona doğru koşmalı ve kollarına mı atlamalıydım, yoksa mutlulukla gülmeli ve elini mi sıkmalıydım? Kapının önünde öylece durdum. O zaman, karşımdakinden ilk hareket gelmediği sürece yaklaşmayacağımı anladı ve benim yerime o ilk adımı attı.

"Ürkmüş bir civcive benziyorsun... Saygısızlık yaptıysam özür dilerim ama kendime engel olamadım".

Yavaşça beni kucakladı. Kollarım kıpırdayamadığı için karşılık veremedim.

"Melissa... İzin verirsen, bu akşam seni yemeğe davet edebilir miyim?".

Başımla evetledim ve gülümsedim, sonra yanağından usulca öptüm ve yukarı çıktım.

Meraklı annem, "Kimdi o Allah aşkına?" diye sordu.

Omuzlarımı silktim, "Hiç kimse anne, kimse değildi..."
dedim.

00:45

Kendimizden konuştuk. Birbirimize düşündüğümden çok
daha fazlasını söyledik ve birbirimiz hakkımızda çok fazla
şey öğrendik. Yirmi yaşında, üniversitede çağdaş edebiyat
okuyor. Yüzünde, onu inanılmaz çekici kılan, zeki ve canlı
bir ifade var. Can kulağı ile dinledim, konuşurken onu sey-
retmek çok hoşuma gitti. Boğazımda ve midemde bir düğüm
var sanki. Boynu bükük bir çiçek gibi kaldım ama kopma-
dım. Claudio uysal, sakin, güven verici. Daha önce âşık ol-
duğunu, ama aşkın elinin arasından kayıp gittiğini söyledi.

Parmağını bardağın ağzında dolaştırarak sordu, "Ya sen?
Kendi hakkında ne anlatacaksın?".

Açıldım, ruhumu sarmalayan o yoğun sisi delen küçücük
ışık kaynağını araladım. Mutsuzluk öykülerimden bazıları-
nı, kendim hakkında bazı şeyleri anlattım. Gerçek bir duygu
ile karşılaşma ve onu bulmaya çalışma isteğimden tek söz
bile etmedim.

Dikkatli, hüzünlü ve ciddi bir ifadeyle baktı ve "Geçmi-
şini anlatmana sevindim. Senin hakkında düşündüklerimde
yanılmamışım," dedi.

"Ne düşünmüştün?" diye sordum, kolay elde edilebilir
bir kız olduğum düşüncesiyle beni kırmasından korktum.

"İnsanın içine işleyen o bakışa sahip olabilmek için ba-
şından çok şey geçmiş bir kız, özür dilerim bir kadın, oldu-
ğunu düşünmüştüm. Melissa, hayatımda hiç senin gibi bir

kadınla karşılaşmamıştım. Yumuşacık bir sevgi duyduğumu düşündüğüm an, gizemli ve dayanılmaz çekiciliğinle büyüleniyor benliğim". Sözcükler ağzından tane tane çıkıyor, bir cümleden ötekine geçmeden verdiği uzun arada bana gözlerini sunuyor sonra konuşmaya yeniden başlıyordu.

Güldüm ve "Aslında beni daha pek tanımıyorsun. Sözünü ettiğin bu duygularla belki karşılaşır belki de hiç karşılaşmazsın".

"Evet, haklısın," dedi beni dikkatlice dinledikten sonra devam etti: "Ama yine de denemek istiyorum, seni tanımama izin verir misin?".

"Elbette, elbette izin veririm," dedim, masanın üzerinde duran elini tuttum.

Sanki düş görüyorum Günlük, çok güzel ve sonu olmayan bir düş sanki.

1:20

Valerio'dan bir mesaj aldım, beni görmek istediğini yazmış. Ama şu anda o bile bana o kadar uzak ki. Öğretmenimle son bir kez sevişmemin, istediğimin tam olarak ne olduğunu, Melissa'nın gerçekte ne olduğunu; bir canavar mı yoksa armağan almayı ve vermeyi hak edecek bir insan mı olduğunu öğrenmem için, son bir kez sevişmemin yeterli olacağını sanıyorum.

10 Haziran 2002

Gözüm aydın, okullar kapandı! Bu sene notlarım oldukça düşük, ben az çalıştım, öğretmenlerim beni anlamaya pek çalışmadılar. Neyse ki, beni tümüyle yok edemeden kurtardım paçayı, sınıfımı geçtim. Bugün Valerio'yu gördüm. Bar Epoca'da olacağını ve onu bulmamı söylemişti. Koşarak çıktım. Bunun, ne istediğimi anlayabileceğim fırsat olduğunu düşünüyordum. Bara geldiğimde, asfaltta iz bırakacak kadar sert bir fren yaparak durdum, herkes dönüp baktı. Valerio masada tek başına oturuyordu, gülümseyerek ve başını sallayarak hareketlerimi izliyordu. Ağırbaşlı görünmek ve ciddi bir tavır sergilemek için yavaş yavaş yürümeye başladım.

Kırıta kırıta masasına yöneldim, yaklaştığımda bana, "Loly, yürürken sana nasıl baktıklarını görmüyor musun?" dedi.

Başımı "yoo hayır" anlamında salladım.

"Her bakana dönüp bakmam," dedim.

Valerio'nun yanına bir adam geldi, omzuna doğru eğildi. Karanlık yüzlüydü. Genel havası biraz da kabaydı. İsminin Flavio olduğunu söyleyerek kendini bana tanıştırdı. Dikkatlice, süzerek baktım. Tam onu inceliyordum ki, "Kız arkadaşının, yaşıtlarına göre çok kurnaz ama güzel gözleri var," diyerek araya girdi.

Valerio'nun yanıtlamasını beklemeden araya girdim: "Haklısın Flavio. Üçümüz mü olacağız, yoksa başkaları da gelecek mi?" dedim. Amaç tek bir şey olunca lafı dolaştırmayı, yapay gülücükler dağıtmayı sevmem, sadede gelmeyi tercih ederim, Günlük.

Afallayan Flavio, Valerio'ya baktı. Valerio, "Kaprislidir biraz ama en iyisi söylediğini yapmaktır," dedi.

"Bak Melissa, ben ve Valerio seni bir gece eğlencesine götürmeyi düşünüyorduk, özel bir geceye. Bana senden söz etmişti, yaşından ötürü ikilemde kaldım ama nasıl olduğunu ayrıntılarıyla öğrenince... Neyse işte, kabul ettim ve şimdi iş üstünde nasıl olduğunu merak etmeye başladım".

Yalnızca "Kaç yaşındasın Flavio?" diye sordum.

Otuz beş yaşında olduğunu söyledi. Başımı salladım, daha fazla olduğunu düşünmüştüm ama söylediğine inanmış göründüm.

"Bu eğlence ne zaman düzenlenecek?" diye sordum.

"Haftaya cumartesi saat onda, deniz kıyısındaki bir villada. Seni almaya ben geleceğim, elbette Valerio ile birlikte..."

"Eğer kabul edersem elbette," diye sözünü kestim.

"Elbette, olur dersen".

Kısa bir süre sessiz durduktan sonra, "Özel bir şey giyinmem gerekiyor mu?" diye sordum.

"Ne giyersen giy, yeter ki yaşın anlaşılmasın. Herkes on sekiz yaşında olduğunu biliyor gerçi," diye yanıtladı Flavio.

"Kim herkes? Kaç kişi olacak ki?" diye sordum Valerio'ya dönerek.

"Kaç kişi olacağını biz de tam olarak bilmiyoruz. Beş çiftin geleceği kesin. Belki başkaları da gelir, ama şimdiden bilmiyoruz".

Katılmaya karar verdim; üzgünüm Claudio, benim gibi birinin onu sevmeyi başarabileceğinden, onu mutlu edecek kişinin ben olduğumdan çok emin değilim.

15 Haziran 2002

Yo, hayır, onu mutlu edecek kız ben değilim. Ben onu hakketmiyorum. Telefonum, ettiği telefonlar ve gönderdiği mesajlarla çın çın çınlıyor. Onu terk ediyorum, işte hepsi bu. Onu yanıtlamıyorum, hiç yokmuş gibi davranıyorum. Eninde sonunda bıkacak ve mutluluğu başka yerlerde arayacaktır. Öyleyse, içimdeki bu korku niye?

17 Haziran 2002

Sessizlik içinde, kısa ve havadan sudan konuşmalarla, kararlaştırılan deniz kenarındaki yere geldik. Şehir dışında, yamacın öte yanında, dalgaların kayaları kum gibi ufaladığı tarafta bir küçük villaydı. Issız bir bölgeydi ve ev biraz içerlek, gözden uzakdı. Yüksek bir giriş kapısından içeriye girdik, park etmiş arabaları saydım, altı taneydiler.

"Geldik, tatlım," dedi Flavio. Bana böyle seslenilmesine sinir olurum. Beni ne kadar tanıyor ki bok herif! Bana nasıl tatlım, şekerim, küçüğüm diye seslenebilir ki? Boğazını sıkasım geliyor!

Kapıyı kırk yaşlarında, çekici, hoş kokulu bir kadın açtı. Beni tepeden tırnağa şöyle bir süzdü ve Flavio'ya beğendiğini gösterir biçimde baktı, o da onu kibarca gülümseyerek yanıtladı. Duvarlarında büyük soyut tabloların asılı olduğu uzun bir koridoru geçtik. Salona geldiğimde huzursuzluk duydum, çünkü aynı anda on tane inceleyen göz bana yönelmişti. Büyük bir bölümü erkekti. Kravat takmış ve seçkin giyimliydiler, bazısının gözünde küçük bir maske vardı ama genellikle yüzleri açıktı. Kadınlardan bir ikisi yaklaştı ve bana soru sordular, ben de Valerio ile daha önce belirlediğimiz türden bir sürü yalan dolan sıraladım. Öğretmenim yanıma geldi ve fısıldayarak, "Bir an önce başlamak istiyorum. Seni yalayıp yutmayı, gece boyu içinde kalmayı, sonra da başkaları ile yaparken seni seyretmeyi o kadar çok istiyorum ki," dedi.

Aklıma hemen Claudio'nun bakışları geldi; onun beni asla başkası ile yataktayken görmek istemeyeceğini düşündüm.

Flavio bana içinde, birkaç ay öncesini bana anımsatan, viski dolu bir bardak getirdi. Piyanoya yaklaştım ve birkaç gün önce Roberto yükünden nasıl kurtulduğumu düşündüm. Beni aramaktan vazgeçmesini, arkadaşlarının da benim hakkımda ağızlarını sıkı tutmaları gerektiğini söyledim, aksi halde olup biteni nişanlısına tek tek anlatacaktım. Tehdidim işe yaradı, beni bir daha aramadı.

Bir ara yanıma, uçacakmış gibi yumuşak adımlarla salınarak yürüyen bir adam yaklaştı. Yuvarlak gözlükleri ve iri mavi-yeşil gözleri vardı. Yüzü hafif lekeli olmasına karşın yakışıklıydı.

Dikkatlice, inceleyerek baktı ve sonra, "Selam, o çok sözü edilen kız sensin anlaşılan?" dedi.

Soru soruyormuşum gibi baktım ve, "Kimin söylediğine bağlı... Hangi özelliğimden söz edildi ki?" dedim.

"Eee... Her ne kadar ben senin on sekiz yaşında olduğuna inanmasam da çok genç olduğunu biliyoruz. O kadar göstermediğin için değil, bana daha büyükmüşsün gibi geliyor.

Senin bu türden gecelere çok katıldığın söylendi, yalnız erkeklerin olmadığı gecelere...".

Kızardım ve söylediğinin üstüne gitmek istedim, "Kim söyledi?" dedim.

"Ne önemi var ki... Bilirsin ortalıkta laflar dolanır durur... Anlaşılan sen iyi malmışsın, ha?".

Sakin olmaya, oyuna devam etmeye ve her şeyi bozmamaya çalıştım.

"Ahmaklar hiçbir zaman hoşuma gitmemiştir. Kabul ettim, çünkü yapmak hoşuma gidiyor..."

Yalan söylediğimi bilerek yüzüme baktı ve ekledi, "Ahmaklar her zaman olacak. Bazı insanların çizgileri düzgün ve derli topludur, bazılarının ise kaba, gülünç ve rüküş bir kapris gibidir."

"O halde benimkinin her ikisinin karması olduğunu söyleyebilirim," dedim, söylediklerinden etkilenmiştim.

Valerio yanıma geldi ve divana doğru onunla gitmemi söyledi.

Adama başımla bir işaret yaptım, selam anlamına gelmemesine çalıştım, nasıl olsa gecenin bir saatinde birbirimizin içine düşecektik.

Divana, iyi gelişmiş ve biçimli vücutlu bir erkek ve parlak, canlı renkli ve abartılı makyajları olan, saçları platin sarısı, atkuyruklu, oldukça avam iki kadın oturmuştu.

Ben ve öğretmenim divanın ortasına geçtik. Kazağımın altından elini soktu ve göğsümü okşamaya başlamıştı ki birden feci bir utanç ve rahatsızlık duydum.

"Valerio... Önce bizim mi başlamamız gerekiyor?".

"Neden olmasın, utanıyor musun?" dedi kulak mememi

ısırırken.

"Yooo hiç de değil... Yüzünden arzu akıyor," dedi vücut geliştirmiş olan.

"Nereden anladın?" diye meydan okudum.

Yanıt vermedi, bir elini eteğimin altından kuyruk sokumumun arasına daldırırken taşkınlıkla beni öpmeye başladı. Kendimi koyuverip gidecektim, o anlamsız şiddet beni yine kimbilir nereye sürükleyecekti. Onu öpmek için kalçamı hafifçe kaldırmıştım ki, öğretmenim bundan yararlanıp kıçımı, önce yavaş ve yumuşak, sonra tavrını değiştirip daha kararlı ve ateşli okşamaya başladı. Çevremdeki insanlar orada durmuş bana bakıyor, yanımdaki iki erkekten birinin içime girmesini bekliyorlardı sanırım, ama artık benim için yoktular. Vücut çalışmış olan beni öperken kadınlardan birisi onun göğsüne sarıldı ve ensesinden öpmeye başladı. Sonra Valerio eteğimi kaldırdı. Herkes hayranlıkla, tanımadığım bir divanın üzerinde, tanımadığım insanların arasında meydana çıkmış olan kıçıma ve kukuma bakıyordu. Sırtım yay gibi öne kıvrılmıştı ve kendimi onun ellerine bırakıyordum ki, herifin biri önüme geldi, memeni tuttu ve sertçe sıkmaya başladı.

"Mmmm, taze şeftali gibi kokuyorsun," dedi beni koklamak için yanıma yaklaşan bir diğer adam, "Yeni yıkanmış taze şeftali gibi yumuşak ve pürüzsüzsün".

Taze şeftali olgunlaşacak; önce rengini sonra tadını yitirecek, ardından kabuğu yumuşayacak, buruşacak, en sonunda çürüyecek ve nektarını da solucanlar emecek.

Birden gözlerim faltaşı gibi açıldı, yüzüme ateş bastı. Ani bir hareketle öğretmenime doğru döndüm ve "Kalk gidelim, istemiyorum," dedim.

Ne olduysa tam da bedenimin tümüyle kendini koyuvereceği anda olmuştu... Zavallı Flavio, zavallı bay vücut, zavallı diğerleri, zavallı ben... Bir anda herkesi, her şeyi ve de kendimi bir kenara bıraktım, hızla üstümü giyindim ve gözlerimde yaşlarla uzun koridoru geçtim, kapıyı açtım ve yolda park etmiş olan arabanın yanına koştum. Evi ve beni sarmalayan yoğun sis nedeniyle arabanın camları buğulanmıştı.

Dönüş yolunda tek bir kelime edilmedi. Yalnızca, evin giriş kapısına geldiğimizde, "Sana yazdığım mektup konusunda hiçbir şey söylemedin?" dedim.

Uzun bir süre sessiz kaldı ve sonra, "Elveda Lolita!" dedi.

20 Haziran
6:50

Dudaklarımı telefon ahizesine dayadım ve uykudan yeni kalkmış sesini duydum. "Seni yaşamak istiyorum," dedim incecik sesimle fısıldayarak.

24 Haziran

Gece oldu sevgili Günlük ve evin dışında, terastayım, denizi seyrediyorum.

Öyle dingin, öyle sessiz, sakin ve yumuşacık ki; ılıman hava dalgaları yatıştırıyor ve çok uzaktan gelen seslerini, huzurlu ve kırılgan seslerini duyuyorum... Ay bir görünüp bir kayboluyor; gizlenmiş, bağışlayan ve hoşgörülü bakışıyla beni izliyor.

Ne yapabileceğimi soruyorum ona.

"Yürekteki pasları kazımak zordur," diyor.

Yüreğim... Olduğunu unutmuştum bile. Belki de varlığından hiç haberim olmadı.

Filmlerdeki duygusal sahneler beni hiç etkilemedi, içeriği yoğun bir şarkı beni hiç duygulandırmadı ve ben aşka hep yarı yarıya inandım, onu gerçekten tanımanın olanaksız olduğunu düşündüm. Belki de sadece herkesten gizlediğim, derinlerde bir yerlerde sakladığım aşkı kimse çekip ortaya çıkartmayı öğretmediği içindir. Bir yerlere gömülü kalmıştı, birilerinin kazıp oradan çıkartması gerekiyordu... Ve ben de aşkın sürgün olduğu bir evrene, arzularımla dalarak onu bulmaya çalıştım. Hiç kimse, hem de hiç kimse beni durdurup, "Bak küçük, buradan geçilmez," demedi.

Yüreğim buz tutmuş bir hücrede kapalı kaldı ve kararlı tek bir vuruşta hücreyi yok etmek tehlikeliydi; yürek sonsuza dek yaralanmış olabilirdi.

Ancak sonradan güneş açtı. Bu yakıp kavuran, alev püskürten, yangın çıkartan Sicilya güneşi değil; ılıman, ölçülü, eli açık, buzları yavaş yavaş eriterek kurak ruhumu bir anda sular altında bırakmayacak bir güneş.

İlk başta ne zaman sevişeceğimizi sormam gerekiyormuş gibi düşündüm ama tam soracaktım ki dudaklarımı ısırarak duraksadım. Bir şey olduğunu anladı ve sordu: "Neyin var Melissa?". Beni adımla çağırıyor, onun için ben Melissa'yım, bir bireyim, bir varlığım; bir nesne ve beden değil.

Başımı salladım. "Bir şey yok, gerçekten bir şey yok Claudio," dedim.

O zaman elimi tuttu ve göğsünün üstüne koydu.

Derin bir nefes aldım ve homurdanarak, "Kendi kendime, ne zaman benimle sevişmek isteyeceğini soruyordum...".

Bu kez o sessiz kaldı, ben utançtan öldüm, yanaklarıma ateş bastı.

"Yok Melissa, yok canım... Buna ben değil biz, beraber karar vermeliyiz, sevişecek miyiz, ve sevişeceksek ne zaman diye. Sen ve ben, ikimiz," dedi gülümseyerek.

Şaşkınlıkla bakıyordum ona, afallamış yüzümün konuşmaya devam etmesini istediğim anlamına geldiğini anlamıştı.

"Neden biliyor musun? İki kişinin birleşmesi ruhlarının doruklara ulaşması demektir ve o doruklara ancak birbirlerini severlerse ulaşılabilir. Girdabın iki bedeni anafora alması gibidir; artık kimse tek başına değildir, biri diğerinin içindedir, en samimi, en derin ve en güzel biçimde".

Şaşkınlığım devam ederken ne demek istediğini sordum.

"Seni seviyorum Melissa," diye yanıtladı.

Birkaç gün öncesine kadar bulunmasının olanaksız olduğunu sandığım şeyi bu adam nasıl bu kadar iyi biliyordu? Neden bugüne dek yaşam bana yalnızca kirli, acımasız, ilkel, kaba yüzünü göstermişti? Bu olağanüstü varlık elimden tutup, beni korkuyla büzüştüğüm bu sığ ve kokuşmuş delikten çıkartabilir mi? Söyle Ay, sence yapabilir mi?

Yürekten pasları söküp atmak güç. Ama belki de kalp öyle güçlü atmaya başlar ki, onu çevreleyen kabuğu bin parçaya böler, fırlatıp atar.

30 Haziran

Sanki el ve ayak bileklerimden görünmeyen bir ip ile bağlanmış gibi hissediyorum. Havada asılı kalmışım. Cehennem zebanisi gibi bağıran biri beni aşağıya çekerken, bir diğeri yukarıya doğru çekiyor. Ben bir o tarafa, bir bu tarafa savruluyorum. Ağlıyorum. Bir bulutlara, bir solucanlara değiyorum. Kendi kendime ismimi sayıklıyorum. Melissa, Melissa, Melissa... Beni kurtaracak büyülü bir sözcük gibi. Kendime sıkıca tutunuyor, kendime sarılıyorum.

7 Temmuz

Odamın duvarlarını boyadım. Şimdi uçuk mavi oldular. Çalışma masamın üzerinde artık göz kırpan Marlene Dietrich değil, kendi fotoğrafım var. Saçlarım rüzgârda uçuşurken limana giren çıkan takalara huzur içinde bakıyorum. Arkamda, beni kucaklayan Claudio var, elleriyle zarifçe beyaz bluzuma dokunurken yüzüyle omuzlarıma eğilmiş öpüyor. O takalarla ilgilenmiyor bile, bizimle ilgili derin düşünceler içinde kaybolmuş gibi.

Fotoğraf çekildikten sonra kulağıma, "Melissa, seni seviyorum," diye fısıldamıştı.

O zaman yanağımı yanağına dayayıp o anın tadına varabilmek için derin derin nefes aldım ve ona doğru döndüm. Yüzünü ellerimin arasına aldım, o zamana dek tanımadığım, bilmediğim bir sevecenlikle öptüm ve usulca, "Ben de seni seviyorum Claudio," dedim.

Kendimi onun kollarına bıraktığımda bedenimin her yanında, hasta olduğumda hissettiğim gibi bir titreme ve ateş dolaştı ve o beni kucaklayarak tutkuyla öptü. Cinsellik yüklü bir tutkuyla değil, bambaşka, aşk yüklü bir tutkuyla.

O güne dek kimsenin önünde ağlamadığım kadar çok ağladım.

"Sevgilim, bana yardım et. Yalvarırım bana yardım et," diye yakardım.

"Buradayım, senin için buradayım, yanındayım, senin için..." diyordu, şimdiye kadar hiçbir erkeğin sarılmadığı gibi beni sarıp sarmalarken.

13 Temmuz

Kumsalda birbirimize sarılarak uyuduk. Birbirimizin kollarında ısındık. Ruhunun soyluluğu ve bana olan saygısı içimi titretiyor. Bana verdiği bütün bu güzelliklerin karşılığını verebiliyor muyum acaba ona?

24 Temmuz

Korkuyorum, hem de çok korkuyorum.

30 Temmuz

Ben kaçıyorum, o beni yakalıyor. Sıkmadan yakalayan ellerini duyumsamak ne güzel... Sık sık ağlıyorum ve ne zaman ağlasam beni kendine doğru çekip sıkı sıkı sarılıyor, saçlarımı kokluyor. Ben de başımı onun göğsüne yaslıyorum. Kaç-

maya, uçurumdan aşağıya yuvarlanmaya, o dar geçitten geç-
meye ve bir daha gerisin geri çıkmamaya eğilimliyim. Ama
onun kolları buna engel oluyor, beni tutuyor ve ben onlara
güveniyorum ve belki hâlâ kendimi kurtarabilirim.

12 Ağustos 2002

Ona duyduğum arzu çok güçlü ve ateşli, o olmaksızın yapa-
mam. Beni kucaklıyor ve kimin olduğumu soruyor.
"Seninim," diyorum. "Tamamıyla senin".
Gözlerimin içine bakıyor ve "Küçük, kendine kötülük
yapma, yalvarırım. Bu benim için de çok kötü olur," diyor.
"Asla sana kötülük yapmam," diyorum.
"Benim için yapmamalısın, ama her şeyden önce kendin
için yapmamalısın. Çiçek gibisin, seni ayaklarının altında
ezmelerine izin verme".
Dudaklarıma usulca değerek beni öpüyor, içim sevgiyle
doluyor.
Gülümsüyorum, mutluyum. Bana, "İşte şimdi seni öpme-
li, yüzündeki bu gülümsemeyi çalmalı ve dudaklarıma mü-
hürlemeliyim. Beni delirtiyorsun, sen bir meleksin, bir pren-
sessin, bu geceyi seni severek geçirmek isterim," diyor.
Tertemiz bir yatakta bedenlerimiz mükemmel bir uyum
içinde. Benim ve onun teni birleşiyor ve birlikte güç ve sev-
gi oluyoruz. O yavaş yavaş içime akarken gözlerimiz birbi-
rine kenetli. Bedenimin hırpalanmaması, yalnızca sevilmesi
gerektiğini söylüyor. Canımın yanmaması için sessizce ka-
yıyor. Kollarım ve bacaklarımla ona sarılıyorum. İnlemeleri
benimkilere karışıyor, parmakları parmaklarıma kenetleni-

yor, onun hazzı benimkiyle ayırt edilemez biçimde bütünleşiyor.

Göğsünde uyuyakalıyorum. Saçlarım yüzünü örtüyor ama o bundan çok memnun, yüzlerce kez başımı öpüyor. "Bana söz ver. Bana bir konuda söz ver. Asla ayrılmayacağız, bu sözü ver bana," diye fısıldıyorum ona.

Sessizlik... Bir kez daha sırtımı okşuyor ve dayanılmaz ürpertiler duyumsuyorum. Bir kez daha içime giriyor. Kalçalarımı ona dayıyorum, uyumla hareket ediyoruz.

O sırada, "Birbirimizi terk etmememiz için iki koşul var. Kendini ne benim, ne aşkımın, ne sevgimin, ne de herhangi bir şeyin esiri gibi hissetmemelisin. Özgür gezinmesi gereken bir meleksin sen. Yaşamının tek amacı olmama hiçbir zaman izin vermemelisin. Sen önemli bir kadın olacaksın, zaten şimdiden öylesin de..." diyor.

Çatallaşmış sesimle ikinci koşulun ne olduğunu soruyorum.

"Kendini asla aldatmamalısın. Çünkü kendini aldattığında aslında hem bana, hem de kendine kötülük yapıyorsun demektir. Ben seni seviyorum ve yollarımız ayrılsa bile seni sevmeye devam edeceğim."

Hazlarımız birleşiyor ve elimden aşkıma sıkı sıkı sarılmaktan ve onu asla ama asla bırakmamaktan başka bir şey gelmiyor.

Yorgun, yatağında uyuyakalıyorum. Gece geçip gidiyor ve sabah beni sımsıcak ve aydınlık bir güneşle uyandırıyor. Yastığın üzerinde bana bıraktığı not var:

Görkemli varlık, yaşamında mutlulukların en safını, en

büyüğünü, en mükemmelini bulmanı ve ben de sen istediğin
sürece bunun taraflarından biri olmayı isterim. Çünkü ben,
şimdiden bil ki, arkana dönüp bakmadan gitsen bile seni is-
tiyor olacağım.

Kahvaltılık bir şeyler almak için çıktım, çabucak dönece-
ğim.

Açılmış tek gözümle güneşi seyrediyorum. Kulağıma tat-
lı tatlı sesler geliyor. Denizde geçen bir geceden sonra taka-
lar yavaş yavaş limana girip halat bağlamaya başladılar. Bi-
linmezde yapılan bir yolculuk... Tek bir gözyaşı damlası gö-
zümden yüzüme iniyor. Çıplak sırtımda dolaşan eline ve en-
semden öpmesine gülümsüyorum. Ona bakıyorum. Bakıyo-
rum ve anlıyorum, artık biliyorum.

Ormanda geçen yolculuğumu tamamladım. Küçük ço-
cukları yiyen devin kulesinden, aldatan melek ve şeytanları-
nın zulüm veren pençesinden kaçmayı başardım, çift cinsi-
yetli canavardan kaçtım. Beni, yumuşak kadife yastığının
üzerinde oturup bekleyen Arap prensinin sarayına sığındım.
Bayağılaşmış elbiselerimi çıkartıp bana prenses elbiseleri
giydirdi. Hizmetkârları çağırtıp saçlarımı tarattı, alnımdan
öptü ve beni uyurken seyredeceğini söyledi. Sonra bir gece
seviştik, eve döndüğümde saçlarımın hâlâ pırıl pırıl parla-
makta olduğunu ve makyajımın bozulmadığını gördüm. An-
nemin dediği gibi, düşlerin bile kıskançlıkla çalmak istediği
kadar güzel bir prenses olarak...

Yayınlanan Kitaplar:

SAĞLIK/YAŞAM
1- *Fark Etmeden Diyet,* Selahattin Dönmez (2 Baskı)
KÜLTÜR
1- *Z "Son İnsan" mı?,* Hakan Senbir (2 Baskı)
2- *Poplisans,* B. Volkan Yücel
ROMAN
1- *Güllerim Açtı Seni Görünce,* Hande Özcan
2- *Evden Uzakta,* Cathie Dunsford, Çeviren: Taşkın Ermişoğlu
3- *Aşk Bir Varmış Bir Yokmuş,* Tom Perrotta, Çeviren: Duygu Akın (2 Baskı)
4- *Beni Kalbimden Vuranlar Var Ya,* Reşat Çalışlar
5- *Kırmızı Fener Sokağı,* Mehmet Ünver
6- *Konuşmayan Tavus Kuşu Camio,* Berrak Yurdakul
EDEBİYAT
1- *Sallama Klasikler,* Greg Nagan, Çeviren: M. Onur Duman
KADIN
1- *İmdat! Bir Adamla/Çocukla Yaşıyorum,* Betty McLellan, Çeviren: Oytun Süngü
2- *Yatmadan Önce 100 Fırça Darbesi,* Melissa P., Çeviren: Nilüfer Uğur Dalay
   (9 Baskı)
3- *Yusufçuk Gece Gelir,* Melissa P., Çeviren: Nilüfer Uğur Dalay
EĞİTİM
1- *ABcD - ABD'de Eğitimin ABC'si,* Ayşe Kora
ANI
1- *Her Şeyin Bittiği Yerden,* Ayşe Kora

Yayınlanan Kitaplar:

SANAT
1- *Desen mi Demesen mi?* Cem Mumcu, Yıldırım B. Doğan
   Desenler: Selçuk Demirel
2- *Artrit ve Sanat,* Kolektif
3- *Çocuk ve Sanat,* Kolektif
ROMAN
1- *Planımız Katliam,* Haldun Aydıngün
2- *7,* Cem Akaş
3- *Altın,* Blaise Cendrars - Çeviren: Nuriye Yiğitler
4- *Bir Kuzgun Yaz,* Mehmet Ünver
5- *Mariella,* Max Gallo - Çeviren: Asena Sarvan
6- *Mathilde,* Max Gallo - Çeviren: Işıl Bircan
7- *Sarah,* Max Gallo - Çeviren: Asena Sarvan
8- *Ziyaretçiler,* Giovanni Scognamillo
9- *Salta Dur,* Semra Topal
10- *Pus,* Mehmet Ünver
11- *Kentlerin Kraliçesi,* Hakan Senbir